GISELDA LAPORTA NICOLELIS
Ilustrações
DAISY STARTARI

ESPELHO MALDITO

Selecionado para o PNLD-SP 2000/2001

Copyright © Giselda Laporta Nicolelis, 1998

Editora: CLÁUDIA ABELING-SZABO
Assistente editorial: NAIR HITOMI KAYO
Suplemento de trabalho: LUIZ ANTONIO AGUIAR
Supervisão de revisão: LIVIA MARIA GIORGIO
Edição de arte: NAIR DE MEDEIROS BARBOSA
Diagramação: MAURO MOREIRA
Produtor gráfico: ROGÉRIO STRELCIUC
Impressão e acabamento: GRÁFICA PAYM

Dados Internacionais de Catalogação na Publicação (CIP)
(Câmara Brasileira do Livro, SP, Brasil)

Nicolelis, Giselda Laporta
 Espelho maldito / Giselda Laporta Nicolelis; ilustrações Daisy Startari. — 8. ed. — São Paulo : Saraiva, 2009. — (Jabuti)
 ISBN 978-85-02-07951-9

 1. Literatura infantojuvenil I. Startari, Daisy. II. Título. III. Série.

98-2169   CDD-028.5

Índices para catálogo sistemático:
1. Literatura infantojuvenil   028.5
2. Literatura juvenil   028.5

13ª tiragem, 2019

SARAIVA Educação S.A.
Avenida das Nações Unidas, 7.221 – Pinheiros
CEP 05425-902 – São Paulo – SP
www.coletivoleitor.com.br

Tel.: (0xx11) 4003-3061
atendimento@aticascipione.com.br

Todos os direitos reservados.
CL: 810023
CAE: 571327

ESPELHO MALDITO

GISELDA LAPORTA NICOLELIS

■ Bate-papo inicial

Anuska e Francine são duas garotas gordinhas fixadas em um único objetivo: emagrecer a qualquer custo. Após vários regimes sem sucesso, adotam "dietas próprias", que desencadeiam sérios distúrbios alimentares: anorexia e bulimia, duas enfermidades típicas de quem exagera nesse negócio de dieta para emagrecer. Elas, de fato, perderam peso, mas comprometeram sua saúde. A aparência de ambas passou a conferir com o "gosto" cultural, mas, internamente, o corpo sofreu muito. Por que não viver de acordo com a natureza de cada um? Por que essa fixação por um corpo de modelo? Que história é essa de deixar a opinião alheia impor quem e como você deve ser? Características físicas, cada qual tem as suas e todas têm o seu charme. Esse é o *toque* especial desta história.

Linguagem

15. Dê o significado das palavras destacadas.
"Outra colega, Carolina — apelidada de Barbie, por ser **diáfana** e linda..." (capítulo 3)

R.: _____

"Anuska, que definitivamente não se enquadrava no **estereótipo**, por se achar gorda e ser morena..." (capítulo 3)

R.: _____

"Que por mais que um bailarino seja forte, ele não aguenta uma bailarina pesada; por isso, a primeira-bailarina tem de ser quase **etérea**..." (capítulo 8)

R.: _____

"O pai, de **taciturno**, tornara-se participante, **loquaz**." (capítulo 7-2ª parte)

R.: _____

■ Redigindo

16. Diversas formas de preconceito estão presentes na sociedade brasileira. As atitudes preconceituosas castigam a mulher, que sofre dificuldades no mercado de trabalho; as crianças, que frequentemente têm seus direitos desrespeitados dentro da própria família, os idosos, os gordos, os negros etc. É como se houvesse um "tipo perfeito". Escreva uma notícia de jornal sobre uma atitude que você considera preconceituosa.

17. Era outro o conceito de beleza no século passado (não só no século passado). Os corpos cheios, braços roliços e seios fartos caracterizavam

Gracioso horror surgiu na face bela
recoberta de signos e tatuagens,
o rito se cobriu de sopro ardente,
o bosque em cabeleira, o corpo em dons,
os espelhos profundos se entreolharam,
cem voos partiram do estuário,
setas aladas descerraram o ar
e o desejo das coisas consumiu-se.

Jorge de Lima, *Antologia poética*,
Canto IV — As Aparições.

Para Juliana

que seja feliz,
aceitando o seu corpo.

Primeira Parte

1 O Início de Tudo

Quando foi que começou? Anuska lembra, sim, foi até inocente, aquela história de se achar gorda, resolveu dar um basta. Cansada de ser chamada de "gordinha", "fofinha", das brincadeiras das colegas que escondiam comentários pejorativos... E tinha também aquele sonho...

Como um oceano de ondas revoltas, avançando sobre o espetáculo que se desenrola no palco à sua frente, o tempo rola para trás e o passado ressurge...

O regime pretendia ser definitivo, mas era maneiro: não exagerar nos doces, massas, comer mais frutas e verduras. Aliás, um comportamento até saudável, ela que sempre detestou tudo que é verde. A mãe, também veterana de dietas e regimes, aprovou.

Anuska, quinze anos, aluna do primeiro colegial. As colegas, na maioria magras, preocupadíssimas com o peso, a medida da cintura, dos quadris. Malhavam desesperadamente só para ter aqueles corpinhos enxutos. Tinham também aquela mania que ela achava incrível: precisavam deitar na cama para vestir os jeans, porque, de tão justos, só assim o zíper fechava.

Gordos, apenas cinco colegas, incluindo o Zeílton, apelidado de "Bolão", garoto de quem todos gozavam, como se fosse um Judas oficial. Ele já nem ligava para os comentários maldosos, conformado em ser sempre excluído, tanto no esporte quanto nos grupos de trabalho.

Cleonice e Karina, também participantes da lista maldita, não estavam nem aí, assumidas e ligadíssimas para o que desse e viesse. Caprichavam na simpatia e na exuberância, fazendo jus ao estereótipo: gordas e simpáticas. Como se aceitavam, acabavam também de certa forma aceitas, o que não impedia que, de vez em quando, houvesse comentários do tipo:

— Coitadas, já imaginou quando ficarem grávidas? Os

maridos vão precisar aumentar as portas das casas...

Anuska ouvia e se arrepiava. O que será que falavam dela?

Francine, outra garota do "clube das gordinhas", não parecia sofrer aquele efeito "sanfona", ou seja, engorda/emagrece, engorda/emagrece, que ela própria já enfrentara várias vezes. Maldição ou destino, sei lá, depois dos regimes — quando conseguia emagrecer alguns quilos a duras penas —, voltava a engordar. Daí, fazia novo regime e... engordava de novo. Ela se sentia graduada nisso tudo. Até que leu numa revista o tal regime tido como sensacional e resolveu tentar pela última vez. Era até suave, o que, também não custa repetir, deixou Kátia, sua mãe, muito feliz.

Os desejos secretos de Anuska, porém, só ela conhecia: cintura fina, quadris pequenos e seios um pouco maiores, porque voltara a moda do busto opulento. No fundo do seu coração, ardia um sonho há muito tempo acalentado: queria ser modelo, fazer carreira internacional.

Altura, ela tinha de sobra. Dera uma espichada no início da adolescência e agora já atingia um metro e oitenta, pernas compridas de dar gosto. Só que o peso não combinava com a altura, pelo menos no que se esperava de uma modelo. Ela sabia de cor todas as regras: as lentes de vídeos e câmaras fotográficas, por serem bidimensionais, engordam as pessoas em cerca de seis quilos. Então, a candidata deve ser magérrima para se sair bem. Isso significava que ela precisaria emagrecer pelo menos uns dez quilos, e olhe lá, para tornar-se uma modelo badalada e famosa, dessas que aparecem nas revistas e jornais. Ela poderia ser uma delas, por que não?

O caso de Francine, sua melhor amiga, era outro: ela almejava ser bailarina. Tinha aulas de balé, mas evidente que, com aquele corpo, nem podia supor que um dia virasse primeira-bailarina, coisa assim. Ela mesmo comentava que só a aceitavam na academia de balé porque podia pagar a mensalidade. O que não faltava nos vestiários eram os cochichos maldosos. Fora até apelidada de "Garota Disney", por causa daquelas hipopótamas que dançam no filme *Fantasia*. Pura maldade das colegas que se julgavam superiores por terem corpinhos enxutos.

Solidárias na gordura e na discriminação, Anuska e Francine não se largavam. Viviam juntas, no colégio e fora dele. Derramavam lágrimas de raiva e desespero, incapazes de mudar a situação.

Foram até se consultar com endocrinologistas. No caso de Anuska, o médico foi taxativo: ela herdara um biotipo da mãe e da avó materna, ambas corpulentas e fortes. Maneirando na alimentação e fazendo exercícios, como caminhada e natação, por exemplo, poderia manter um peso limite. Mas jamais seria magra. A genética, no seu caso, falava mais alto.

Quanto à Francine, o caso mudava de figura. Ela se adequava bem ao tipo "gorda ansiosa", isto é, aquela pessoa que, quando nervosa, come compulsivamente. Como vivia ansiosa, beliscava. Beliscando, engordava e ficava ainda mais ansiosa, o que gerava um círculo vicioso. Ela tinha de aprender a se controlar em relação à comida. Uma terapia a ajudaria bastante.

Anuska tentou uma academia, mas era preguiçosa por natureza e não levou a coisa adiante. Francine, por sua vez, recusou-se a fazer a terapia, achando que era exagero do médico. Assim, continuaram tão empacadas no problema quanto velhas mulas que só sabem um caminho para casa e ficam transtornadas quando descobrem que ele está impedido.

Foi aí que surgiu o regime milagroso para Anuska. Quase ao mesmo tempo, por ser alta, foi intimada a fazer parte da equipe de basquete do colégio. Relutante, concordou, no que resultou um exercício inesperado. Bingo! Esporte e dieta conjugados, quase por acaso, fizeram com que ela emagrecesse um pouco!

Por tabela — como se fosse algo contagioso —, Francine parou subitamente de engordar. Mas o suspeito da coisa era que ela não fazia regime; muito pelo contrário, tinha compulsão por comida. Frequentemente, empanturrava-se de doces e salgados, deixando Anuska atônita. Qual seria o "milagre" que a fazia conservar o peso, apesar de todos os excessos? Conhecendo Francine como conhecia, Anuska percebeu que isso não era normal. Prometeu a si mesma que iria descobrir. Seu instinto lhe dizia que a amiga estava enveredando por perigosos caminhos...

As colegas, por seu turno, continuaram seus cochichos maldosos, a curiosidade açulada ao máximo, como se a magreza ou a obesidade das outras fossem assunto de domínio público e segurança nacional.

2 QUEM É ESSA ESTRANHA?

Regime dando certo, Anuska pegou gosto pela coisa. Que prazer se pesar diariamente, nua, antes do banho, e ver o ponteiro da balança descendo, como se com ele despencassem também todas as suas adiposidades, gorduras, celulites e estrias.

Anuska sonhava alto. Simplesmente, não podia se dar ao luxo de comer e engordar como se fosse um animal cevado. Nutria um horror crescente a qualquer tipo de gordura. E agora que conseguira, quase por milagre, reduzir o peso, não iria desistir.

A avó, preocupada, comentou:

— Está ficando tão magrinha, minha querida, você é grande, precisa botar energia no seu corpo... Você está alimentando direito essa menina, Kátia?

— Mais do que eu faço? — indagou a mãe, ela própria mártir dos regimes e dos moderadores de apetite, com terríveis efeitos colaterais, que a deixavam tensa e, às vezes, agressiva. — Anuska é que se recusa a comer. Pegou mania de só comer folhas, virou coelho. Parece que nem tem espelho pra ver como está ficando magra...

— Espelho!

Sem querer, a mãe cutucara a ferida. Antes, quando estava muito além do seu limite de peso, ela detestava se olhar no espelho, vendo a triste figura refletida. Agora, com o ponteiro da balança descendo a cada dia, a coisa deveria ser diferente.

O estranho é que não era; absolutamente, não era. Quando arriscava uma olhadinha, até estremecia. Sua aparência continuava a mesma: gorda. Como poderia ser, se a balança acusava o contrário?

A maldita devia estar errada. Trocou de balança, uma, duas, três vezes. O ponteiro continuava descendo... Mas, no espelho, ela se via como antigamente. Pior: sob o pescoço, a papada parecia crescer como se lhe pusessem fermento. Os seios, enormes, caídos, um absurdo para a sua pouca idade. As coxas, imensas. A barriga, flácida. Um bumbum aterrador. Era como se, do outro lado, um inimigo a espreitasse, todos os dias, ansioso para lhe ferir, ultrajar.

Começou a evitar se olhar no espelho do banheiro, do quarto, em qualquer um. Fugia de tudo que pudesse refletir a sua imagem: retrovisores de carros, superfícies espelhadas...

Mesmo se pesando diariamente, já não confiava na balança. Um dia, de puro ódio, jogou-a no lixo.

E, no entanto, os comentários sobre a sua magreza extrapolavam os limites caseiros. Várias colegas mexiam com ela:

— Puxa, que legal, você conseguiu mesmo.

— Eu, hein, estou gordíssima!

As colegas se entreolhavam, não entendendo nada. Como podia estar gordíssima, se emagrecia a olhos vistos? Neura, pô!

Ela perguntava à Francine que, muito na dela, preocupada com o próprio corpo, saía pela tangente:

— Olha no espelho; se gostar do que vê, para com o regime; se não, continua...

Francine, a de dentes outrora brancos como leite, agora amarelados, parecendo desgastados.

— Você tá fumando?

— Eu não, por quê?

— Tá parecendo, seus dentes estão manchados... Gozado, eu podia jurar que você fumava.

A outra desconversou, arrumou os cabelos, longos e lisos. Anuska também notou que as pontas dos dedos da mão direita da amiga pareciam machucados.

— Ué, machucou a mão?

A outra replicou, visivelmente irritada:

— Que interrogatório, pô! Tá enchendo, sabia?

— Desculpa, deixa pra lá. Olha pra mim, tô muito gorda? Pera ou maçã?

— O quê? — Francine caiu na risada.

— É, as pessoas parecem pera ou maçã. Eu li isso numa revista. Maçã é mais perigoso, a gordura fica acima da cintura. Abaixo da cintura, quando a pessoa tem mais quadril, é pera, menos perigoso.

Francine nem respondeu, aspirando ávida o cheiro gostoso que vinha da lanchonete da escola. Saiu direto, comprou dois sanduíches de uma vez e devorou-os com uma rapidez impressionante.

Anuska sentiu o estômago revirar de fome. De manhã, só tomara uma xícara de leite desnatado com uma torrada. No almoço, quando chegasse em casa, comeria as folhas, como dizia sua mãe, alguns legumes, talvez uma fruta. Viu-se refletida na porta de vidro da diretoria: apesar de todo o esforço, continuava gordíssima, verdadeira foca. Nem pensar em lanche; o jeito era esquecer a fome tomando alguns copos de água, ter o controle da situação.

Para piorar tudo, Francine não parava de comer. Comprou duas barras de chocolate, que também devorou em segundos. Anuska estava cada vez mais desconfiada: como a amiga mantinha o mesmo peso, se comia daquele jeito? E não era esporádico; aquele ataque de fome era diário.

Faltando alguns minutos para o intervalo terminar, Francine, de repente, sumiu. Quando o sinal bateu, reapareceu, meio pálida, os olhos arregalados, parecia ter levado um susto.

Sentada a seu lado, na classe, Anuska sentiu um odor forte de pasta de dente. Engraçado, se Francine cuidava tanto dos dentes, como é que eles pareciam tão judiados? Deixa pra lá, pensou, já tinha os seus próprios problemas pra cuidar. Ainda bem que aceitara o convite pra fazer parte da equipe de basquete. Talvez, fazendo o máximo de exercício possível, ela conseguisse finalmente alcançar o milagre: emagrecer!

③ SURPRESA!

Mania que os colegas tinham de pôr apelido em todo o mundo! Quando Michel apareceu na classe, transferido de outra escola, Francine suspirou fundo:

— Gente, parece um príncipe!

O apelido pegou no ato. Aliás, muito bem dado, porque o garoto era um "pedaço de mau caminho", como diria a avó Natasha. Alto e moreno, olhos negros brilhantes. E o pior de tudo é que ele parecia ter consciência do impacto que causava. Muito na dele, tipo: "cheguei e abafei".

E como abafou. Nove entre dez garotas se apaixonaram por ele. Além de tudo, era inteligente, extrovertido, riso fácil, deixando à mostra os mais lindos dentes do planeta. Filho e neto de médicos, também pretendia estudar Medicina. Aliás, o consultório do pai já esperava por ele.

Francine, também extrovertida por natureza, foi a primeira a assumir sua atração pelo rapaz. Ofereceu todos os seus préstimos, cadernos, livros etc. Ele agradeceu, mas não parecia muito interessado.

Outra colega, Carolina — apelidada de Barbie, por ser diáfana e linda — iniciou um cerco, ao qual Michel aparentemente correspondeu. Ficou a dúvida: será que para Michel o tipo de mulher desejável era loira e magra? Isso reduziria bastante o número das candidatas, para tristeza da galera.

Anuska, que definitivamente não se enquadrava no estereótipo, por se achar gorda e ser morena, além de introvertida e tímida, sentia o coração mudar de ritmo cada vez que o via.

Nem nos seus mais secretos sonhos, imaginaria que existisse alguém tão bonito, inteligente e simpático. Só não atingia a perfeição por ser meio preconceituoso em relação às mulheres. Ou seria apenas questão de preferência? Sei lá!

Isso, contudo, aguçou mais ainda seu desejo. Magra, ela poderia se tornar; e loira, era só tingir o cabelo. Barbie alardeava aos quatros ventos ser loira natural. Mas usava umas mechas aqui e ali para ressaltar os seus belos cabelos. Ela gostava de fazer o tipo "bonita e burra".

Anuska, porém, era inteligente. Ao entrar para o curso colegial, desenvolvera um código de honra secreto: seria a melhor aluna não só da classe como do colégio. Na realidade, eram duas as suas frentes de batalha: emagrecer e se superar como aluna média que sempre fora, apesar da inteligência.

Engraçado como vinha mudando, de uns tempos para cá. Passara a infância toda sendo boazinha, a garota meiga que todos adoravam, desde os pais até os professores. Sempre dizendo sim, gênio afável, jamais contestando as ordens recebidas. Citada como exemplo de bom comportamento. A bonequinha da mamãe.

De repente — como se todos os seus demônios tivessem despertado de um sonho secular —, ela se transformara. O gênio afável virou mau humor; de condescendente, transformou-se

numa contestadora em tempo integral; e da crisálida de aluna mediana, nasceu a borboleta brilhante, capaz de todos os sacrifícios para se manter na liderança. Descobrira, maravilhada, que podia tomar as rédeas da própria vida nas mãos, verdadeiro orgasmo de poder.

Em casa, isso não passou despercebido. Fábio, o pai, comentou com a mulher:

— Você percebeu como a nossa filha está diferente?

— Sim — suspirou Kátia, pensamentos perdidos numa possível plástica de barriga ou talvez lipoescultura, que incluísse os malditos culotes, impávidos e imunes a qualquer ginástica, creme ou massagem.

— Você está me ouvindo, Kátia? Estou falando da nossa filha! — ele parecia irritado.

— Ouvi muito bem, Fábio: a Anuska está diferente. Agora deu até para me enfrentar. Acho que são os hormônios da adolescência, isso é natural...

— Natural, coisa nenhuma! Essa menina mudou de repente, parece até outra pessoa. Já percebeu como ela está emagrecendo? Precisa parar com isso... Aliás, ela tem um modelo perfeito aqui em casa: você, com essa neurose de gordura.

— Agora sou eu a bruxa malvada, é? Depois de toda a minha dedicação? — Kátia levantou-se num repelão, dirigindo-se à outra sala.

— Já vai tomar o seu veneno particular? — completou ele, referindo-se aos moderadores de apetite. — Só espero que a Anuska não entre nessa também.

Ficou sem resposta. Aliás, suas perguntas ficavam sempre assim. Parecia que entre ele e Kátia havia um divisor de águas, como se falassem idiomas diferentes. Será que a mulher algum dia entenderia que ele a amava independente do peso que ela pudesse ter? Ela não era um troféu que ele precisasse exibir. O que a levara, a vida inteira, a forçar a sua própria natureza, na perseguição inglória de uma magreza que talvez jamais viesse a atingir? E não estaria a filha enveredando pelo mesmo caminho ou pior?

Suspirou, desanimado. Por que a mulher não seguia o exemplo da própria mãe — pessoa sensata, que aceitava o seu corpo, vivia feliz com o seu biotipo, realizada profissional e amorosamente?

Folheando ao acaso uma revista deixada sobre o sofá, deu com as fotos de modelos magérrimas, parecendo cabides das roupas que vestiam. Irritou-se mais ainda. Era essa obsessão por magreza que levava as mulheres a entrar em regimes absurdos, pura neurose, atrás de uma perfeição inatingível. Será que os costureiros, agindo de forma tão ditatorial, sabiam a devastação que causavam? Decerto não faziam roupas para mulheres normais, mas para jovens esquálidas, as quais possivelmente deixavam de comer para caber nas roupas que desfilavam. Cúmplices dos seus algozes. Em nome de quê? De uma fama passageira, ganhando bem, é verdade, mas, às vezes, às custas da saúde, até mesmo da própria vida?

Engraçado como antes tudo fora diferente. Historiador que era, familiarizara-se com as figuras do passado, aquelas mulheres com barrigas salientes e coxas roliças, imagens obrigatórias das pinturas e esculturas dos grandes mestres. Mulheres que não estavam nem aí para celulites ou estrias, dobras ou curvas em excesso. Hoje consideradas obesas, ainda fazem o deslumbramento dos visitantes em museus do mundo todo.

De repente, a guinada: da mulher primal, tantas vezes retratada, até mesmo pelos homens das cavernas, surgiu a mulher graveto, quanto mais esquálida melhor. Sem seios, barriga, nádegas, braços finos, que parecem partir ao menor toque. Poderia até haver quem gostasse desse tipo de mulher, ele jamais. Mulher, para ele, ainda que Kátia estupidamente navegasse em outra dimensão, precisava ter textura, carne, curvas... Ele queria sentir que abraçava alguém realmente vivo, não um manequim de loja.

Sorriu tristemente. Estava na condição surrealista de gostar de mulher mais gorda e ser casado com uma que vivera, a vida toda, experimentando regimes e drogas para emagrecer. E que desdenhava quando ele dizia que a amava do jeito que ela era:

— Mentira sua. Ninguém gosta de gordos. Gordura é quase uma obscenidade...

Suspirou mais fundo. Infelizmente, Kátia se fechara ao diálogo. Se ele pudesse salvar Anuska, já se daria por feliz.

4 O Drama Continua...

Anuska, contudo, já entrara num perverso círculo vicioso. Mesmo magra, ficava apavorada ao se olhar no espelho, vendo-se cada vez mais gorda. Isso resultava em diminuir, dia a dia, a quantidade de comida que ingeria.

Desistira da balança definitivamente. Ela era enganadora, trazia uma esperança que não existia. Só mesmo com uma força de vontade intrépida é que conseguiria emagrecer de fato. Mesmo sendo apavorante, a sua imagem projetada no espelho era a verdadeira.

Viciou-se em leitura de receitas culinárias de revistas e jornais. Recortava tudo ou copiava num caderno de capa dura. Aos poucos, transformou-se quase numa nutricionista. Sabia todos os valores calóricos dos alimentos, os que engordavam ou não. Passava essas informações para as colegas:

— Vocês sabiam que o suco menos calórico é o de maracujá? Tem apenas 29 calorias.

As outras, de uma forma ou outra, aproveitavam as dicas, todas tinham interesse no assunto. Mas não daquela forma avassaladora que se tornara para Anuska.

Como se fosse um xamã de antiga tribo, ela desenvolveu ritos em relação aos alimentos. Pegava um chocolate, por exemplo, e o dividia em pequenas partes iguais, que escondia pela casa, escola, em bolsos e bolsas. Coisa proibida, porque muito calórica, devia ser consumida parcamente. Ou, ainda melhor, ficar por ali mesmo, como prova da sua força de vontade em resistir a ele. Quantas vezes, Kátia e Jozelsa, a funcionária da casa, encontraram restos embolorados de alimentos nos mais diversos e estranhos lugares.

Quando não era isso, ela tinha surtos de mestre-cuca. Fazia pratos caprichadíssimos, que o pai dizia que "comia, rezando". A mãe, nessas horas, não resistia, até saía do regime, para depois ir malhar na academia as calorias excedentes.

Anuska, contudo, nem provava o resultado de horas de trabalho na cozinha. Na hora da refeição, sempre arranjava uma desculpa para não comer. Pedia que alguma colega ligasse para ela, com hora marcada, ou simplesmente arrumava uma discussão à mesa, para se levantar de supetão, deixando os pais abismados com aquele comportamento insólito. Precisava sempre se pôr à prova: sua força de vontade superior ao seu desejo por comida.

No início, pagou um alto preço por isso. Seu estômago, de tão vazio, contraía-se de dor; ela salivava ante vitrines que expunham guloseimas. A muito custo resistia à tentação de entrar. Mas, implacável como um guerreiro, ela reduzia cada vez mais o que comia...

Aos poucos, lentamente, o corpo se acostumou à privação de alimentos. A fome foi substituída por uma sensação de bem-estar, prazer absoluto e total. Era como atingir um patamar de perfeição: nirvana.

Certo dia, Anuska foi estudar na casa de Francine.

No meio do estudo, Francine levantou-se de repente e, movida por um impulso incontrolável, dirigiu-se para os fundos da casa, mandando que Anuska esperasse por ela.

Ela, porém, curiosa, seguiu-a, disfarçadamente. Viu quando a amiga entrou na cozinha, abriu a geladeira e pôs-se a comer, numa voracidade incrível, engolindo quase sem mastigar tudo o que encontrava lá dentro, misturando alimentos salgados e doces, num banquete orgiástico...

Sem perceber que era observada, dirigiu-se em seguida ao banheiro. Mesmo com a porta fechada, Anuska reconheceu o ruído inconfundível de alguém que vomitava.

Voltou à sala para não ser apanhada em flagrante. Logo mais, Francine retornou, olhos arregalados e um forte hálito de pasta dental.

Foi então que Anuska se deu conta de que aquele não era um episódio isolado, mas que ele se repetia também no colégio, na hora do recreio — tudo se encaixava como num quebra-cabeças.

"Pobre Francine", pensou. Imagine tomar uma atitude tão dramática quanto essa... Parecia até que a amiga voltara aos tempos dos banquetes romanos, onde o pessoal comia até não poder mais e depois despejava tudo nos tais "vomitórios", lugares apropriados para isso. Depois voltavam aos salões e se entupiam novamente de comida. Que nojo!

Ela era diferente. Senhora do seu destino e dos seus desejos, simplesmente se controlava, sabendo o que devia ou não comer. Isso era ser racional, competente, não uma tola como a amiga.

— Você está com uma cara esquisita! — comentou Francine, desconfiada de que a amiga desvendara o seu segredo.

— Há quanto tempo você faz isso? — perguntou Anuska, objetiva.

— Faz o quê?

— Você sabe muito bem o que eu quero dizer...

— Não sei, não — Francine ainda tentou disfarçar.
— Deixa de ser hipócrita, garota, eu vi tudo. Você se entupiu de comida, na cozinha, depois vomitou no banheiro... Isso é doença, sabia? Quem fazia isso era a Lady Diana, lá da Inglaterra...
— Ah, é, eu que sou hipócrita? E o que me diz de você? Virou coelho, só come folha, parece até doente, morre de fome só por causa dessa loucura de querer ser modelo...
— Morro de fome coisa nenhuma, eu só controlo o meu apetite...
— Já se olhou no espelho, santa?
— O que é que tem? — Anuska virou-se para a outra, fera acuada, olhos chispantes de ódio.
A outra enfrentou:
— Do jeito que vai indo, não demora muito pra você estar igual àquelas mulheres da Etiópia que a gente vê em fotos no jornal...
— Você tá delirando! Pra seu governo, eu me olho todo dia no espelho e estou cada vez mais gorda...
— Gorda? — Francine não queria acreditar no que ouvia. Anuska emagrecia a olhos vistos, as roupas estavam cada vez mais folgadas no corpo.
Anuska ignorou o comentário; levantou-se, exibindo o corpo para a amiga:
— É, gorda, sim. Você viu o tamanho dos meus quadris, das minhas coxas? Apesar de ser uma doença o que você faz, de certa forma é o mapa da mina. Por isso mantém o peso, né?
— Anuska, pelo amor de Deus! — Francine tentou dialogar. — Você precisa comer, menina, senão vai acabar seriamente doente.
— Eu que vou acabar doente? O que me diz de você, que come e depois vomita tudo? — devolveu Anuska.
— Eu não vomito o tempo todo, só quando acho que exagerei na comida — retrucou Francine. Parecia encabulada, com a invasão da sua privacidade.

— Ah, não? Lá no colégio, pelo menos, eu acho que você vomita todo dia na hora do recreio...

— Vamos mudar de assunto, tá legal? Daqui a pouco a minha mãe chega do trabalho e eu não quero que ela saiba disso.

Mãe! Palavra complicada essa, pensou Anuska. Ela nunca conseguiu ser franca com Kátia; era sempre uma sensação opressiva de que a outra a estava vigiando. A mãe de Francine, porém, era bem diferente da sua, o oposto: viciada em trabalho, mal sabia da vida da filha única. Era um beijinho de manhã, outro à noite e pronto. Francine tinha tanta liberdade que, de certa forma, isso se tornava assustador. Muitas vezes, confidenciou à Anuska que se sentia abandonada.

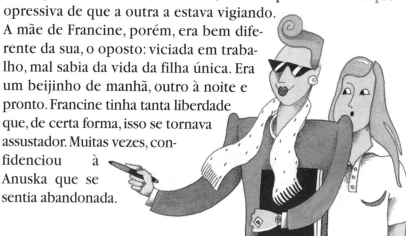

5 PRIMEIRAS CONSEQUÊNCIAS

Parecia um dia como os outros. Levantar da cama, tomar banho, vestir-se para ir à escola. No chuveiro, de repente, Anuska lembrou: fazia tempo que não menstruava, e ela nem se dera conta disso. Preocupada, não precisava ficar; ainda era virgem. Apesar de as garotas da sua idade já estarem namorando e contando papo disso, ela se guardava para o grande amor. Quem sabe Michel, aquele gataço...

Enxugando-se, fez as contas de cabeça, tentando lembrar a última vez que menstruara. Fora numa festa na casa da avó, coisa assim meio de repente. Perguntara se Natasha tinha algum absorvente, ao que a avó respondera, rindo:

— Na minha idade, querida? Já passei disso, faz tempo. Mas fique tranquila que telefono para a farmácia e eles entregam...

Dois meses tinham se passado e nem sinal de menstruação. Se tivesse realmente transado com alguém, estaria arrancando os cabelos. Mas nunca que seria tão tola de começar a sua vida sexual sem a menor proteção... e não apenas quanto à gravidez. Não passava uma semana sem topar com reportagens sobre doenças sexualmente transmissíveis, as temidas DST, que, além de infectar as pessoas, ainda as tornavam mais propensas a contrair Aids. De arrepiar. Mesmo assim, apesar de toda essa informação, ainda tinha colegas sem a menor preocupação. Ela, porém, já se conscientizara de que preservativo no bolso ou na bolsa era um imperativo nesses tempos bicudos.

Mas se não era gravidez, o que seria? Ela não sentia nada de especial, nem dor ou sinais exteriores de que houvesse algo errado. Só uma certa fraqueza, um pouco de tontura de vez em quando, tipo queda de pressão. Quase desmaiara outro dia, na hora do intervalo, coisa que debitou ao sol forte do pátio. Mas foi só ir para um lugar mais fresco, lavar o rosto com água fria que voltara ao normal. Nem contara para a mãe; detestava pô-la a par das suas intimidades.

Era estranho, no mínimo, o relacionamento que mantinha com Kátia. Fora diferente no passado, porque ela sempre se submetera a todas as ordens maternas. A mãe comprava roupas a seu próprio gosto e ela as vestia sem reclamar; decidia quais as amiguinhas que lhe convinham; o que devia ou não comer; onde podia ou não ir. Também tinha um costume irritante de às vezes levantar o telefone do gancho e ficar escutando suas conversas, ou mexer na sua bolsa, à procura de quê, ela nunca soube. Até mesmo Francine, sua amiga desde o pré-primário, comentou mais de uma vez:

— Credo, como a tua mãe pega no pé!

Isso até o ano passado, quando ela concluiu a oitava série. No palco com os colegas, esperando pelo diploma — a família toda na plateia —, Anuska jurou a si mesma que tomaria sua vida nas mãos, seria outra pessoa. Não toleraria sequer as pequenas maldades dos irmãos gêmeos, mais novos do que ela — pestes clonadas que adoravam atazanar a sua paciência.

Virou a mesa. Sua rebeldia agora assustava a própria mãe: onde estava aquela garota cordata, sempre obediente, que antes não lhe dava o menor trabalho?

A principal rebelião dizia respeito à comida. Na hora das refeições, depois de falar no telefone com as amigas, dava a desculpa de que a comida esfriara. Quando a mãe sugeria que a requentasse no micro-ondas, vinha a resposta malcriada, agressiva. Jogava o conteúdo do prato na lata do lixo, com prazer indescritível.

No banheiro, Anuska sorria, sentindo-se vitoriosa. Estava devolvendo àquela megera a sua própria receita. E estava só começando.

6 NOVIDADES À VISTA!

Nesse mesmo dia, Barbie apareceu toda espevitada na escola, com seu *book* a tiracolo. Exibiu-o como se fosse um troféu para as colegas deslumbradas. Disse que pagara 500 reais por ele. O fotógrafo era de confiança; a mãe até fora junto para evitar qualquer problema.

— Que problema? — perguntou Clarissa, a ingênua da classe.

— Ora, Clarissa, em qualquer profissão tem pessoas sérias e mal-intencionadas. A gente ouve cada coisa! Mas o Kléber é supersério, uma gracinha, ele faz as fotos no maior respeito...

— Falando em fotos — disparou Francine —, o que vocês acham de uma garota posar nua para essas revistas masculinas?

— Nua? — Clarissa até engasgou com a saliva.

— É, nua — continuou a Francine muito na dela. — Virou moda agora, né? Bastou ficar meio famosa, não dá outra: posa nua. Também com aqueles cachês... milhares de dólares.

— Nem por um milhão de dólares eu posaria nua — garantiu Clarissa, refeita do acesso de tosse.

— E se fosse pra transar com um gato como o Redford? — provocou Anuska, referindo-se ao filme *Proposta Indecente*.

— Velho demais. Se ainda fosse com o Michel... podia até ser de graça — rebateu Barbie, suspirando.

— Mas ninguém respondeu ainda à minha pergunta — insistiu Francine, provocativa.

As opiniões se dividiram. A maioria jurou, de pé junto, que jamais na vida posaria nua. Já pensou, as revistas abertas nas bancas de jornais, qualquer um vai e compra, depois faz o que quiser com as fotos.

Outras, porém, replicavam: se os olhos não veem, o coração não sente. Cachê garantido, não importava o que fizessem com as fotos.

— Eu acho que importa, sim — disse Anuska, convicta. — O corpo é precioso, pô, as intimidades da gente... Eu nem teria esse problema, claro, gorda do jeito que sou! Nunca alguém iria me convidar...

— Tá gozando com a nossa cara, é? — interrompeu Barbie. — Você deve estar precisando de óculos, garota. Tá tão magra que pode fazer o *book* hoje mesmo... Você precisa ver o que o maquiador lá do estúdio do Kléber faz... Verdadeiro milagre, a gente fica parecendo uma estrela de cinema ou de TV...

O *book* passou de mão em mão, e todas concordaram que Barbie estava mesmo estupenda, gatíssima. Ela não se fez de rogada e foi à procura de Michel para mostrar as fotos, deixando as colegas mortas de inveja.

— Essa tripa metida a besta! — esbravejou Francine. —

Nasceu magra e vai morrer espeto, que ódio!

— De quem vocês estão falando? — intrometeu-se Zeílton, ajeitando o volumoso corpo na carteira.

— Da tua querida Barbie, quem podia ser? — devolveu Francine. — Já viu o *book* que ela pagou pra fazer?

— Deve estar maravilhoso! — suspirou o garoto, eterno apaixonado pela garota. Se ao menos aquela deusa reparasse nele. O que não faria para conquistar o seu amor! Qualquer coisa, era só ela pedir.

— Só você mesmo, otário, pra gostar dessa bestinha. Devia estar numa prateleira de loja, junto com as outras Barbies...

— Não enche, Francine. Isso tudo é inveja? A Barbie é maravilhosa... Nasceu assim, é uma dádiva da natureza.

Francine deu de ombros. Na hora do intervalo, a ansiedade contida deu origem a um acesso de fome tão grande que ela se superou, devorando vários sanduíches. Depois, trancou-se no banheiro, reaparecendo como sempre: com os olhos esbugalhados e cheirando a pasta de dente.

Anuska, literalmente esquecida da fome, tinha o pensamento no tal *book* que a Barbie fizera. Se ao menos pudesse fazer um! Dinheiro não era problema; Barbie dissera que o fotógrafo facilitava o pagamento em duas vezes, podia usar a mesada, não gastava mesmo nada em lanches. O problema real era o seu corpo imenso. Como teria coragem de entrar num estúdio para tirar fotos? Já imaginava a cara de desdém do tal Kléber, os pensamentos dele: "Será que essa baleia tem a pretensão de ser modelo?".

Mas se continuasse com força de vontade e comesse cada vez menos, certamente um dia ela poderia fazer o seu próprio *book*. Enquanto isso, ela mostraria a todas as colegas quem ela era: a primeira da classe, imbatível!

Decidida, estudava cada vez mais, passava noites em claro, às vésperas de alguma prova importante. Todos os colegas a queriam como participante de trabalhos em grupo, principalmente os mais preguiçosos, porque, perfeccionista ao extre-

mo, tomava para si praticamente todas as tarefas, desconfiando de que os demais não fariam o dever a contento.

    Comendo e dormindo pouco, e estudando muito, sentia-se muitas vezes cansada, estressada. Usava as mesmas roupas, pois o espelho lhe dizia, implacavelmente, que continuava gorda.

    Barbie — uma das que vestiam jeans justíssimos, cujo zíper ela só fechava deitada na cama — volta e meia mexia com ela. Por que usava roupas tão folgadas, vários números acima do seu tamanho? Ao que Anuska nem dava atenção, convencida de que a outra só queria tirar sarro da sua cara.

    Certo dia, Michel, conversando com ela sobre uma determinada matéria em que estava com dúvidas, perguntou:

    — Você emagreceu tanto, Anuska. Está com algum problema ou é regime mesmo?

    — Eu faço um regime, sim, mas coisa maneira — devolveu, feliz por ele se preocupar com ela.

    — Tem certeza de que é maneiro? — insistiu o garoto, cujo pai e avô eram famosos endocrinologistas. Ele conhecia de sobra o assunto obesidade, de tanto vê-lo abordado na família.

    — Supermaneiro — desconversou Anuska. — Olha, se você quiser, eu empresto umas apostilas que preparei sobre a matéria.

    — Puxa, que legal, muito obrigado, já ouvi falar das suas famosas apostilas. Você podia até vender para os colegas...

    — Que é isso, eu não faço por lucro, faço por prazer. Amanhã eu trago as apostilas, você tira xerox e depois me devolve. Deram um trabalhão, mas ficaram muito boas.

7 O DISCRIMINADO!

Zeílton tanto insistiu que Barbie, mesmo de má vontade, mostrou-lhe o *book*. Como previra, ela estava maravilhosa. Foi tão fervoroso e sincero o seu comentário, que a garota perguntou, lisonjeada:
— Você acha mesmo?
— Claro que eu acho! — retrucou Zeílton, vermelho até a raiz dos cabelos por estar perto de Carolina, como ele preferia chamá-la. Por motivos óbvios, ele detestava apelidos.
— Me devolve que eu vou mostrar pra professora de Português — pediu a garota, afastando-se naquele andar cadenciado, que mexia com o ritmo do coração de qualquer um.
Acompanhou-a com o olhar até que ela sumiu de vista. Se ao menos imaginasse o quanto era amada, idolatrada! Mais do que todas as fantasias — em que Carolina correspondia ao seu amor —, ele lhe prestava diariamente outro tipo de homenagem, mais secreta que os tesouros jamais encontrados de um poderoso faraó.
Acontece que ele, Zeílton, era um desenhista nato. Possivelmente, herdara o talento de um tio-avô, famoso pintor. Seu maior sonho era cursar uma faculdade de Belas Artes, transformar-se num profissional respeitado. Tinha tudo para isso. Seu traço possuía firmeza e elegância notáveis. Bastava a diretora da escola, sua maior admiradora, decidir-se por alguma campanha, e ele já era convocado para confeccionar os cartazes, que ele assinava com um Z.
Porém, ainda sendo um artista em potencial, continuava discriminado pela obesidade. Interiormente, sofria a rejeição, e agora muito mais, apaixonado perdidamente por Carolina, sua musa inspiradora.

Mantendo aquele amor inviolável, ele o nutria da melhor forma que conhecia: desenhando sua musa em todas as poses possíveis, de pé, sentada, de frente, de perfil..., enchendo portfólios com desenhos impecáveis; na realidade, cada qual um miniquadro. Pois, além da figura amada, ele também criava um cenário diferente para cada desenho.

Carolina já fora mulher das cavernas, dama romana ou grega, jovem medieval no seu castelo, índia apache, guerreira amazona, líder intergaláctica... Comprava livros para fazer pesquisas sobre o passado, as diferentes épocas históricas, seus vestuários e costumes. Quanto ao futuro, ele dava asas à imaginação, criando, quase sempre, heroínas de histórias em quadrinhos.

Esses portfólios, ele os escondia no quarto, seu *bunker* particular. Ninguém penetrava os sagrados domínios; era ele quem fazia esporadicamente a limpeza. O quarto, na verdade, era a própria imagem do caos, um oásis no deserto de discriminação a que se via condenado na escola. Quantas vezes até chorara, solitário, sem entender o porquê de tanta aversão. Principalmente das garotas, que chegavam a ser cruéis. Uma vez, flagrou um grupinho de meninas fofocando:

— Você ficaria com um garoto gordo?
— Como assim, tipo o Bolão?
— É, por aí.

A outra fez um muxoxo de desdém:
— Eu, hein, santa. Tiro o meu time de campo, na hora. Ele sua demais, parece até que está sempre derretendo...
— Mas ele desenha que é uma beleza, é um artista...
— Pode até ser, mas essa coisa de físico pesa muito, né? Acho que vai ser difícil ele arrumar uma garota... Já imaginou a cena?

Afastaram-se às risadas, deixando-o paralisado de humilhação. Quem elas pensavam que eram? Nem faziam o seu tipo, uns trubufus e achando-se as rainhas do pedaço. Se ainda fossem como a Carolina, aquela obra de arte...

Quase levou um susto com essa constatação. Será que, de alguma forma, escolhendo a garota como objeto da sua paixão, não estaria também engrossando a turma do estereótipo, que só gostava e admirava os magros, desprezando os obesos? Por que não se apaixonara por uma gordinha como ele? Será que os extremos se atraem, como ouvira dizer, ou ele tinha uma autoestima tão baixa que precisava amar alguém exatamente o oposto de si mesmo?

Estremeceu, só de pensar nisso.

8 FRANCINE

Anuska estava achando a amiga muito deprimida ultimamente. Continuavam se encontrando na casa de Francine após as aulas. A mãe da garota, sempre no trabalho, concedia-lhes uma liberdade maravilhosa, coisa que Anuska jamais teria em sua própria casa. Mesmo trabalhando, Kátia vigiava a filha através da empregada, de telefonemas constantes, até de recados. Um dia, ela se superara. Abrindo a geladeira, Anuska encontrou um bilhete da mãe:

"Não coma nada gelado que você está com dor de garganta...".

— Até dentro da geladeira, pô! — Passou até a vontade de comer. Sua mãe parecia um polvo, com braços tão longos que poderia alcançá-la onde quer que ela estivesse.

Isso fora antes do regime, porque, definitivamente, sorvetes estavam abolidos da sua dieta. Ela, agora — além das saladas, sem quase tempero —, consumia apenas bolachas de água e sal, queijo magro, tipo ricota, e leite desnatado. Ouvira dizer que as modelos fumavam muito para ajudar na magreza. Ela até deu umas tragadas, mas engasgou tanto com a fumaça que desistiu.

Já na casa da amiga, Anuska perguntou por que ela andava tão triste. A outra se abriu:

— Acho que nunca vou realizar o meu sonho de ser primeira-bailarina!

— Por quê? — estranhou Anuska. — Você, com esses vômitos todos, até que tem conservado o peso. Eu acho isso muito perigoso. Qualquer dia você ainda vai levar um susto, amiga...

— Que susto, o quê! — rebateu a outra, amarga.

— Susto, sim senhora. De tanto forçar a sua garganta, o seu estômago, sei lá...

— Deixa pra lá. Eu não vou conseguir mesmo...

— Mas você trabalhou tanto por isso. Sempre estudou balé. Já faz quanto tempo?

— Dez anos — suspirou a outra. — Comecei a dançar antes de saber ler ou escrever. Foi tão difícil, sabe, os exercícios todos para fortificar a musculatura, meses, anos, até chegar aos saltos e piruetas, e finalmente usar a sapatilha de ponta. Quando o pessoal assiste a um balé, nem imagina o quanto de dor uma bailarina teve de suportar, a dedicação para chegar àquele ponto...

— E eu não sei? Você vai chegar a primeira-bailarina, quem impede?

— Apenas a minha professora de balé. Quando ela escolhe os bailarinos para uma apresentação, os papéis principais ficam sempre para os queridinhos dela, que ela diz que têm carisma...

— E você também não tem?

— Com esse corpo? Sabe o que ela me disse outro dia, quando eu praticamente implorei por um papel melhor no espetáculo? Que por mais que um bailarino seja forte, ele não aguenta uma bailarina pesada; por isso, a primeira-bailarina tem de ser quase etérea... argh, como eu detesto essa palavra!

— E que papel você recebeu?

— A do fundo do palco, claro, como sempre. Fazendo parte do suporte do espetáculo. Tantos anos jogados no lixo... E nunca vou realizar meu sonho!

— Mas existem outras escolas, outros professores, outros espetáculos...

— Todos eles pensam da mesma forma. Se eu resolvesse desistir amanhã, você acha que alguém, lá na escola, me impediria? Eu leio nos olhos deles o que pensam de mim: "essa aí só perde tempo".

Anuska engoliu em seco. De certa forma, estavam no mesmo barco. Será que, com esse corpanzil, ela também algum dia realizaria o próprio sonho, o de ser uma modelo famosa?

Como se lesse seus pensamentos, Francine perguntou:

— E você, quando é que vai fazer o seu *book*?

— Provavelmente nunca.

— Tá brincando! Você está magra, elegante, dinheiro eu sei que não é problema. Só assim aquela idiota da Barbie deixa de contar tanta vantagem.

— Faz um favor pra mim, amiga? — pediu Anuska.

— Claro, o que você quiser.

— Vamos sair um pouco, a gente anda pelas ruas, eu quero que você... Promete que não vai rir?

— Continua, eu prometo — riu a outra, sem querer.

— Vocês vivem dizendo que eu estou magra, e eu olho no espelho e me vejo gordíssima. Eu quero que você me aponte alguém que tenha exatamente o meu corpo...

— Tá legal, vamos nessa.

À medida que encontravam outras garotas como elas, Anuska perguntava: "eu sou assim, mais gorda, mais magra?", até que cruzaram com uma garota mais ou menos da sua própria estatura e peso. Francine apontou: "Aquela lá é você direitinho, alta e magra...".

Anuska fez que não com a cabeça, Francine insistiu. Mas por mais que a amiga insistisse, Anuska não se convencia. Irritada, Francine arrastou-a para uma lanchonete. Lá, devorou vários sanduíches, ante o olhar espantado da atendente, que comentou com a colega:

— Essa aí parece que veio do deserto...

Não demorou muito, Francine levantou-se e correu para o banheiro. Anuska quis ir atrás, mas desistiu. Era cíclico. Bastava ficar ansiosa, que Francine tinha aqueles acessos de fome e depois "devolvia" tudo. Onde aquilo ia parar, ela não tinha ideia. Descobrira, espantada, que até diuréticos e laxantes a amiga consumia, no seu desespero de perder peso.

— E você, o que vai querer? — perguntou a atendente.

— Só um copo d'água sem gelo, por favor.

— Que engraçado, a sua amiga come por duas e você não come nada.

Anuska olhou-a como quem diz: "cuida da sua vida", e a outra se afastou para apanhar o pedido. Foi quando uma senhora veio em sua direção:

— Você e aquela garota que foi ao banheiro estão juntas, não é? Eu as vi entrar. Acho melhor você ir acudir a sua amiga, parece que ela está passando mal...

9 EMERGÊNCIA

Que sorte ainda existirem pessoas solidárias como Marta. Não só auxiliou Anuska a retirar Francine do banheiro, como levou-as para o hospital público mais próximo dali. Inclusive, enquanto esperavam que Francine fosse atendida, ligou para a mãe dela no trabalho. Só depois disso é que se despediu.

— Desculpe, mas tenho um compromisso importante e já estou bastante atrasada.

— Desculpar, pelo amor de Deus! A senhora fez muito mais que a sua obrigação. Eu nem sei o que faria sozinha...

— Fique calma, a mãe da sua amiga deve chegar logo. Espero que ela se recupere. Aqui está meu telefone, dê notícias.

Saiu em seguida, e Anuska teve a impressão de que ela era um anjo bom que viera em auxílio delas.

Uma enfermeira fez sinal para que ela a acompanhasse a outra sala.

— Sente-se, por favor — disse uma jovem de branco, que ela supôs fosse médica. — Sou a doutora Alana, que atendeu a Francine. A pessoa responsável por ela já chegou?

— A mãe da Francine já está chegando, doutora. É muito grave? Pode falar comigo, sou a melhor amiga dela...

— Ela costuma ter essas crises de vômito? — perguntou Alana, objetiva.

— Não sei se devo...

— Deve, sim, não estará fazendo nenhum bem à sua amiga, se ocultar a verdade. Ela teve sorte dessa vez, mas tudo indica que ela passa por essas crises constantemente...

— Se a senhora acha que precisa mesmo saber... Ela costuma ter uns ataques de fome, devora tudo o que encontra pela frente e...

— Não me esconda nada, é para o bem da Francine,

pode ter certeza.

— ... depois ela se fecha no banheiro e vomita tudo. Comecei a desconfiar porque sentia sempre o cheiro de pasta dental e, no entanto, os dentes dela pareciam gastos, corroídos...

— Exatamente, pelo efeito do ácido clorídrico, presente nas enzimas estomacais... Foi o que me chamou a atenção.

— E as pontas dos dedos da mão direita estavam sempre machucadas...

— ... de tanto forçarem a garganta... Você é esperta, garota, outros nem teriam notado isso. Sabe se ela toma algum medicamento?

Anuska engoliu em seco. Se era para contar a verdade, então não tinha escolha:

— Toma, sim, doutora; descobri que ela usa diuréticos e laxantes, por conta própria; quer ser bailarina, tem obsessão por ser magra...

— Como eu imaginava. O que sua amiga tem é um distúrbio de alimentação chamado "bulimia". Você já deve ter ouvido falar, há muitas pessoas famosas que sofrem disso. Tenho atendido vários casos semelhantes, nos últimos meses. Aliás, estou notando que você está bem magra para a sua altura... Você também usa desses métodos para emagrecer? — provocou Alana, olhando bem nos olhos de Anuska.

— De jeito nenhum, doutora, eu só faço um regime maneiro... — devolveu Anuska, agressiva.

Alana ia responder, quando a enfermeira a chamou para atender nova emergência. Anuska ficou sozinha por quase uma hora. Estava quase cochilando, quando Débora, a mãe de Francine, entrou na sala, parecendo assustada:

— O que aconteceu com a minha filha? Foi acidente?

— Calma, dona Débora, eu vou tentar achar a médica que atendeu a Francine; daí, ela explica tudo pra senhora.

Minutos depois, a doutora Alana retornou e foi logo explicando, sem mais delongas:

— Sua filha está fora de perigo, só tomando soro. Mas

acho que a senhora deveria ouvir o que a melhor amiga dela tem pra contar.

Anuska prendeu a respiração, mas a médica falou, decidida:

— A mãe da Francine tem o direito de saber, não acha?

— Saber o quê? Pelo amor de Deus, vocês estão me deixando nervosa. Ela fez alguma coisa errada?

— Também, se fizesse, a senhora nunca que ia saber, né? — replicou Anuska, colocando-se na defesa.

— O que você quer dizer, garota? Me respeite! O que é isso afinal, um complô?

A médica pediu calma e fez sinal para que Anuska falasse. À medida que ela ia narrando os fatos, Débora empalidecia, como se não acreditasse no que ouvia. Balbuciou desculpas, dizendo que precisava trabalhar muito, sabe como é, mulher num cargo de confiança tem de dar o máximo de si, provar que é competente aos olhos dos colegas homens. Ela sempre achara que a liberdade usufruída pela filha, na sua ausência, significava uma prova de confiança...

Alana interrompeu-a, pedindo que se acalmasse. Não era uma questão de quem tinha ou não a culpa.

— O que realmente importa num relacionamento mãe e filho não é a quantidade de tempo, mas a qualidade. A adolescência é um período muito delicado na vida dos jovens e, às vezes, liberdade em demasia pode gerar um sentimento negativo, de quase abandono.

— Eu nunca pensei por esse ângulo... Talvez a senhora tenha razão — disse Débora.

— E não para por aí — continuou a médica. — Há toda uma pressão social de que só os magros têm sucesso na vida. Isso, mais o sonho de ser bailarina, pode ter desencadeado o processo de bulimia em Francine.

— Engraçado, eu já tinha ouvido falar disso, mas jamais poderia supor que tivesse o problema dentro de casa — suspirou Débora. — Julgava que era uma doença de países ricos, tipo Estados Unidos, ou países da Europa.

Alana encarou Débora:

— A senhora disse bem: era. Mas, infelizmente, tanto a bulimia quanto a anorexia nervosa, quando a pessoa para de comer, vêm atingindo em cheio os países em desenvolvimento, como o Brasil. Na Argentina, por exemplo, onde magreza significa *status*, a situação é ainda mais grave, com milhares de casos por ano. A mídia está dando bastante enfoque a isso, alertando as jovens mulheres, as mais propensas a desenvolver esses tipos de distúrbios alimentares. Nos homens, a incidência é mínima, não chega a dez por cento dos pacientes.

— E tem cura, doutora? — perguntou Débora, ansiosa, porém decidida a reverter a situação.

— Por sorte, sua filha foi trazida ao lugar certo. Temos um ambulatório especializado em distúrbios de alimentação, tanto de bulimia, que é o caso dela, quanto de anorexia nervosa...

Ao falar isso, a doutora olhou significativamente para Anuska, que pensou: "Essa mulher tá me estranhando. Ela que saia do meu pé, senão...".

— E isso significa o quê? — insistiu Débora.

— Que podemos inscrever a Francine para uma triagem, isto é, uma consulta de avaliação daqui a um mês. Temos conseguido uma porcentagem de cura de trinta a quarenta por cento, isso se o paciente colaborar, naturalmente. Nossa equipe conta com médicos endocrinologistas e psiquiatras, além de psicólogos e nutricionistas. Quanto antes ela iniciar o tratamento, melhor. Tanto a bulimia quanto a anorexia, quando não tratadas, podem evoluir para consequências gravíssimas, como insuficiência cardíaca, coma e até mesmo a morte dos pacientes.

Anuska estremeceu. Será que a médica estava falando só de Francine ou, nesses tristes prognósticos, ela também estaria incluída?

— Por favor, inscreva minha filha para a consulta — disse Débora, tão objetiva quanto a médica. — E agradeço muito o seu interesse. No que depender de mim, ela sai dessa.

— O importante é que a Francine queira se curar e confie na equipe que for tratá-la — concluiu Alana. — Sugiro que a senhora tenha um diálogo franco e amigo com sua filha; diga-lhe os riscos que corre. Ela não deve ser obrigada a nada, porque isso diminuiria muito as chances do tratamento.

10 NÃO É FÁCIL

Voltaram do hospital no carro de Débora. Francine não abriu a boca, parecendo emburrada. A mãe respeitou o silêncio da filha. Haveria tempo, nos dias seguintes, para a tal conversa franca, como sugerira a doutora Alana.

Quando se despediu da amiga, a quem dera carona, Francine disparou:

— Obrigada por me entregar, sua traidora!

Antes que a outra pudesse responder, Francine gritou:

— Acelere, mãe, me tire daqui!

Anuska entrou em casa, desolada. Como Francine podia achar que fora uma traição? Não tivera escolha. Só ela sabia o susto que levara ao encontrar a amiga, naquelas tristes condições, lá no banheiro da lanchonete. Precisara ter não só coragem como estômago forte para limpá-la o melhor possível antes de aquela santa mulher, Marta, ajudá-la a levar Francine para o hospital.

Subiu correndo as escadas e trancou-se no banheiro. A mãe ainda não voltara; devia estar presa no tráfego. Olhando-se no espelho, viu a figura roliça e balofa de sempre. A doutora Alana devia estar mesmo precisando trocar de óculos. Ou ela própria estaria enlouquecendo? Ou louco talvez fosse esse maldito espelho, que lhe mostrava tão triste figura, uma Sancho Pança...

Abalada pelos últimos acontecimentos, não se conteve: atirou uma escova de cabelo contra o espelho, que se partiu. "Ótimo", pensou, "agora tenho mais sete anos de azar..."

Como desgraça pouca é bobagem, ouviu a voz da mãe bem próxima:

— Que barulho foi esse? É você, Anuska?

Entrou no banheiro, com aquele jeito inquisitivo que ela conhecia tão bem. Viu o espelho partido, olhou para a filha como quem diz: "Vai contando logo, antes que eu perca a paciência".

Carente, ela entregou:

— Estou vindo do hospital...

— Hospital? — A mãe segurou a respiração, toda a sua superproteção vindo à tona. — O que foi, acidente de trânsito, alguma bala perdida? — Enquanto falava, ia inspecionando o corpo de Anuska, de alto a baixo.

— Credo, mãe, você parece o profeta do apocalipse! — desvencilhou-se, num repelão. — Não é comigo, foi a Francine. Passou mal na lanchonete; a sorte é que uma senhora nos acudiu e nos levou para o hospital no carro dela...

— Uma estranha? — A mãe sentiu o coração acelerar. — Não era mais fácil ir de táxi?

— Falar é fácil. A senhora precisava ver o estado da Francine. A dona Marta foi uma abnegada de ter levado a gente... A Francine passou mal do estômago, foi um desastre.

— E está melhor agora? Foi alguma coisa que ela comeu?

— Melhor está, mas acho que vai ter de fazer um tratamento lá no hospital mesmo — capitulou Anuska.

Aí é que foi o seu erro. Ela não conhecia com quem es-

tava lidando? A mãe quis saber todos os detalhes, o porquê do tratamento e por aí adiante. Anuska não teve outro jeito senão contar.

Kátia, aproveitando a deixa, disse que também estava achando Anuska muito magra; perguntou se ela estava vomitando o que comia, igualzinho à amiga. Precisou jurar que não. Mas a mãe não parava de falar. Com o mínimo que comia, Anuska parecia um faquir ou um santo mártir jejuando na sua cela. O que estava querendo provar com tudo aquilo? Que fizesse regime, tudo bem, mas exagerar daquela forma? Será que ela nunca se olhava no espelho?

Aflita, Kátia agarrou o braço da filha, obrigando-a a olhar diretamente para sua imagem refletida no espelho quebrado. Soltando um gemido, do mais profundo do seu íntimo, Anuska despejou, descontrolada:

— Estou vendo, mãe, estou vendo até demais. Continuo gorda, horrenda, medonha. É por isso que eu não como... Será que até esse direito você vai querer tirar de mim? O que pensa que eu sou? Sua propriedade? Eu sou uma pessoa, entende, uma pessoa, pertenço a mim! Está vendo algum cordão umbilical por aqui? Se houvesse, eu cortaria com os meus próprios dentes... Odeio você, odeio!

Num repelão, livrou-se da mãe e saiu do banheiro, deixando Kátia quase em estado de choque.

Trancaram-se cada uma no próprio quarto, chorando todos os ressentimentos acumulados. Quando o pai chegou, estranhou. Onde estavam a filha e a mulher? Jozelsa, a funcionária da casa, comentou:

— Elas discutiram feio no banheiro, seu Fábio... Depois não sei... Achei melhor não me meter no que não é da minha conta.

Fábio foi primeiro à procura da mulher. Encontrou-a de olhos inchados, inconsolável com a rejeição da filha. Tentou acalmá-la, mas Kátia não se cansava de repetir:

— Você não ia acreditar se visse... Ela parecia ensandecida, me deu até medo!

Repetia a frase como se ainda não acreditasse na experiência pela qual passara. E concluía:

— Onde foi que eu errei, me diga! Eu fui sempre tão dedicada, não mereço isso.

— Fique calma — pediu Fábio, levantando-se, decidido. — Eu vou ter uma conversa amigável com Anuska. As coisas vão se esclarecer, você vai ver. Agora levante e lave esse rosto para a gente jantar sossegado.

— E você acha que eu tenho condições de comer? — Kátia dramatizava mais ainda a situação. — Depois do que eu ouvi da minha própria filha? Ela me odeia, Fábio!

Caiu em prantos novamente, enquanto Fábio saía do quarto à procura da filha. A situação exigia um mediador prudente e calmo ou ficaria pior ainda.

Encontrou Anuska mais controlada do que a mãe, um ar de vitória no rosto, embora os olhos também estivessem inchados. Ele teve a nítida impressão de que as lágrimas tinham sido de ódio, não de dor.

— Como é, filha, parece que você e sua mãe tiveram um atrito? Assustaram até a Jozelsa.

— Alguém tinha de dizer o que ela merece, né, pai? — revidou Anuska, na defensiva.

— Ela é sua mãe...

— E daí? Só porque é minha mãe tem de estar sempre certa? Ela que procure outra pra torturar.

— Que forma de falar, filha, estou estranhando. — Fábio sentou-se na beira da cama, tentando afagar os cabelos da garota, que se retraiu feito animal selvagem:

— Deixa pra lá, você sempre dá razão mesmo pra ela.

11 DE VOLTA À ESCOLA

Por dias seguidos Francine não retornou à escola. Anuska telefonou várias vezes para a casa da amiga, mas era a mãe dela quem sempre atendia, o que lhe causou surpresa, conhecendo a devoção de Débora pelo trabalho. A desculpa não variava muito: Francine estava dormindo ou no banho, depois retornaria a ligação. Até que Anuska desistiu.

Foi só depois de uma semana que Francine apareceu, com aparência bem melhor do que da última vez. Tudo estaria normal não fosse por um comportamento que pegou Anuska de surpresa: a melhor amiga ignorou solenemente a sua presença.

Foi além: ante a curiosidade dos colegas, reuniu-se em grupinhos, para contar sobre a experiência no hospital, de como a mãe fora buscá-la e tirara licença para cuidar exclusivamente dela. Contou até — para espanto de Anuska, informada por uma colega fofoqueira — que os médicos tinham descoberto uma úlcera no seu estômago e iria iniciar um longo tratamento...

Enfim, teve toda a atenção que podia desejar, principalmente para espalhar, aos quatro ventos, a dedicação materna. Quando se cruzavam, Francine simplesmente abaixava a cabeça, fingindo que não a conhecia.

Desolada, Anuska ainda fez algumas tentativas por telefone, esbarrando novamente em Débora. Era como se houvesse um plano habilmente organizado para afastá-las. Mas, por quê?, perguntava-se Anuska, entre incrédula e irritada.

Ela sempre fora a melhor confidente de Francine. Socorrera a amiga, quando ela mais precisara, levando-a para o hospital. Aguardara fielmente a chegada da mãe dela, enfrentando até mesmo aquela chata da doutora Alana, cismada com a sua "magreza". Será que estavam ficando todos loucos ou a louca era ela?

— Falando sozinha, gata? — comentou Michel, que passava por ali. E batendo de leve no seu ombro: — Se é por causa do tal regime, esquece, você já emagreceu até demais, está na hora de parar com isso.

— O quê?

— Eu disse que você precisa cair na real, tá viajando em qual dimensão?

Virou-se e olhou o garoto bem de frente. Seus olhos brilhavam quase transparentes. E o sorriso derretia uma santa de pedra.

— Acho que estou no meu inferno astral ou o mundo virou de cabeça pra baixo...

— Quer se abrir comigo? Às vezes, pôr pra fora ajuda... Eu acho que levo jeito pra psiquiatra, porque todo mundo me conta os seus segredos — brincou ele.

"Por que não?", pensou. Se estava angustiada desse jeito e não tinha com quem conversar, nem ali na escola, nem em casa, até que Michel, lindo daquele jeito, seria um bom conselheiro.

— Você tem um minuto?

— Depois da aula, tá legal? A gente toma um refrigerante aí no barzinho em frente da escola...

— E a Barbie?

— Que tem ela?

— Não quero causar problemas, parece que ela está a fim de você...

Michel caiu na risada:

— E daí? Só por causa disso a gente não pode ser amigo? Uma coisa não tem nada a ver com a outra.

Um frio correu pela barriga de Anuska. Ele disse "amigo". Era só amizade o que ele oferecia. Ou seria uma desculpa para se aproximar dela? Se estivesse assim tão interessado na

Barbie, arriscaria o relacionamento com a garota, visivelmente ciumenta, só para ajudar uma colega? Ainda por cima, gorda e horrível como ela? Claro, era isso, ela matara a charada. Nenhuma garota, por mais apaixonada que estivesse, teria ciúme do trubufu que ela era...

— Puxa, você está tão esquisita. Te encontro na saída. Você tá precisando desabafar, mesmo. Conta com o ombro amigo aqui.

"Amigo", ele repetiu a palavra. Ela estava delirando, se imaginava algo mais que amizade. Não se enxergava, não?

Como se fosse o seu pior pesadelo, Barbie passou por ela, o onipresente *book* na mão. Provavelmente, mostraria aquele *book* até para o presidente da república, se ele surgisse na frente dela. Que fixação, pô! Logo depois — como se fosse uma sombra da própria —, esgueirou-se Zeílton, eterno apaixonado.

Voltou para a classe, ruminando seus pensamentos. Lá do outro lado, Michel sorriu para ela, iluminando a sala. Só pelo fato de ele querer ser seu amigo, ganhara o dia. A indiferença de Francine doera fundo dentro dela. Se ao menos a sua mãe fosse uma amiga com quem pudesse contar... De repente, percebeu o quanto sentia inveja de Francine, pelo jeito com que a outra se vangloriara a manhã toda: a mãe tirara licença para cuidar dela! Ainda mais sabendo o quanto Débora era viciada em trabalho!

A figura de Kátia surgiu bruscamente na sua memória: o rosto contraído, quando disse que a odiava. Falara a verdade. Sentia tão profunda aversão pela mãe, que causava mal estar só de pensar. Como chegara a esse ponto?

Sobrava-lhe quem? O pai? Mas ele não tinha coragem nem de tomar qualquer atitude em sua defesa.

Agora, ali, na classe, olha de esguelha para Francine, que mudara de lugar; antes sentava-se ao seu lado. Ela continua ignorando sua presença. Está mais corada, comeu normalmente na hora do intervalo, e parece que não teve a crise habitual de vômito. Não que ela notasse, pelo menos...

Mas a amiga é uma artista, ela bem sabe. Convenceu a todos de que tem uma úlcera estomacal; fez-se de vítima. Sabe-se lá o que falou dela. Os próprios colegas devem estar imaginando coisas, afinal, eram tão ligadas, não se largavam para nada.

Ainda bem que Michel se oferecera para bater um papo. Viera na hora certa. Está tão sozinha e carente que só tem vontade de uma coisa: chorar.

12 SURPRESAS

Foi com o coração batendo rápido que ela se dirigiu ao barzinho, após as aulas. Ficou quase uma hora ali sentada, esperando por Michel, mas ele não apareceu.

Ferida no seu orgulho e ainda mais angustiada, ela pagou o refrigerante *diet* e tomou o ônibus para casa. Por que ele sumiu? Só para gozar com a cara dela?

Almoçou um pires de salada, tomou água, sob os olhos de censura da Jozelsa, inconformada com o seu regime:

— Gente rica é engraçada. Tem dinheiro de sobra pra comprar comida e passa fome, só pra ficar magro, enquanto os pobres são magros porque não têm dinheiro pra comprar comida. Vá entender uma coisa dessas...

Deu de ombros, trancou-se no quarto. Se fosse nos bons tempos, ela e Francine ainda unha e carne, pegaria o telefone e bateria altos papos com a amiga. Foram tantos que a mãe reclamara mais de uma vez que não conseguia ligar para casa, pois o telefone vivia ocupado.

Poderia ligar para a avó ou até mesmo dar um pulo lá; ela lhe daria um bom colo, com certeza. Mas, pela primeira vez na vida, sentia um certo acanhamento de se abrir. Era como se a mágoa fosse tão profunda e íntima que não pudesse dividir com ninguém. Acrescida à decepção com o Michel, aquele traiçoeiro que a levara na conversa...

Resolveu pôr ordem nas gavetas do armário para relaxar, enquanto ouvia música. Lá pelas tantas, o telefone tocou. Atendeu de mau-humor. A voz do outro lado soou em seus ouvidos como mel:

— Estou ligando pra me desculpar; aconteceu uma emergência, não pude encontrar você lá no barzinho...

— Emergência? — Sentiu o coração disparar novamente. A voz de Michel era um estimulante de efeito imediato.

— O meu avô foi atropelado por um desses malucos que tiram racha no trânsito...

— Nossa, que horror! E como ele está?

— Graças a Deus, ele teve sorte; foi quase um milagre, só quebrou a perna. Foi socorrido por pessoas que passavam, porque o motorista fugiu.

— De onde você está ligando?

— Do hospital, ele vai ser operado, mas está fora de perigo.

— E há alguma chance de se pegar o culpado?

— Eram dois tirando o racha, não deu tempo de anotar o número das placas.

— Se precisar de alguma coisa... — ofereceu Anuska. — E obrigada pela sua atenção, nem precisava ligar, imagine.

— Claro que precisava, não costumo deixar uma gatinha linda como você esperando sem uma satisfação — devolveu Michel.

Anuska colocou o telefone no gancho, ainda embalada

pelas últimas palavras do garoto. "Uma gatinha linda como você..." Mas antes que a doçura delas penetrasse o seu pensamento, a insegurança costumeira bateu mais forte: "ele está gozando com a minha cara".

Deitou-se, olhando para o teto, onde uma borboleta agarrava-se desesperadamente à lâmpada, extasiada pela luz, embora isso provavelmente lhe fosse fatal. "Também existe gente assim", pensou...

De repente, ela se vê numa calçada, ao lado de Francine, que começa a atravessar a rua... Dois carros vindo em alta velocidade atiram a amiga para o alto. Feito boneca de pano, Francine desaba no meio do asfalto, enquanto ela grita, grita... Então aparece Michel, que, rindo com os belos dentes, fala: — Que tal um refrigerante, gata?

Acorda suando frio, as cenas tão vívidas na sua mente que até lhe causam arrepios. Leva alguns segundos para se situar. Está na sua casa, no seu quarto, na sua cama. Francine continua sã e salva, ainda que fingindo não conhecê-la. O atropelado é o avô do Michel, mas por sorte só quebrara a perna...

— Credo, que pesadelo maluco! — falou em voz alta.

Tomou um banho morno, sentindo o estômago vazio. Adorava essa sensação, era um complemento ao seu exercício de poder sobre o próprio corpo. Ele lhe pertencia, ela podia fazer o que quisesse dele.

Sentia-se fraca, como se as pernas não a sustentassem direito. Muitas vezes, assistindo às aulas, a vista embaçava, o rosto do professor sumindo numa névoa. Deitava a cabeça na carteira até que a tonteira passasse. Depois, tomava um café forte e amargo na lanchonete, o que parecia levantar as suas forças.

Nessa noite, deprimida, esqueceu o jantar. O pai bateu na porta do seu quarto:

— Anuska, o jantar está na mesa. Você não vai descer? Estamos esperando por você...

— Não estou com fome. Depois como alguma coisa.

— Pelo amor de Deus, Anuska...

Obstinada, só desceu mais tarde, quando os pais já tinham ido para o quarto. Na cozinha, tomou um copo de água. Jozelsa, como se estivesse de tocaia à sua espera, surgiu inesperadamente:

— Está com fome, Anuska? Eu preparo num instante alguma coisa para você. Um queijo quente?

— Obrigada, Jozelsa, mas não tenho fome.

— Mas, querida, você está tão magrinha, precisa comer. Sua mãe até chorou de tristeza quando você não desceu para jantar... Ela quis chamar você, mas o seu pai achou melhor não.

— Ainda bem — falou entredentes. O que menos queria era encontrar a mãe. Distância era a melhor solução para elas. Sentiu o estômago roncar ao contato com a água, mas não se entregou. Disse boa-noite e subiu as escadas. Abanando a cabeça, desconsolada, Jozelsa também voltou para o seu quarto.

A noite custou a passar, o sono se esvaíra. Tentou ler, mas logo perdeu o interesse. Ficou rolando na cama até de manhã. Estaria Michel à sua espera, para contar as últimas notícias sobre o avô? E Barbie, o que acharia desse súbito interesse do "príncipe"? Será que conseguiria retomar a amizade com Francine? Por que a repudiava, como se ela, Anuska, fosse a culpada da sua doença?

Suspirou, angustiada. Problemas demais para a sua cabeça.

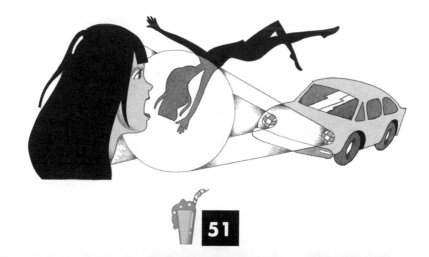

13 NOVIDADES

Chegou bem cedo ao colégio, e já encontrou uma rodinha no pátio em volta de Michel. Achegou-se curiosa, o garoto provavelmente estava relatando o acidente com o avô. Ao vê-la, Michel falou:

— Tudo bem com você?
— Tudo bem, como está o seu avô?
— Graças a Deus a operação foi um sucesso. Ele ainda vai ficar uns dias no hospital, mas é só uma questão de tempo e ele fica bom.
— Que legal, fico feliz.

Sem querer, virou a cabeça e deu com Barbie, que a encarava furiosa. Nem fazia questão de dissimular. Era como se o olhar dela falasse melhor que todas as palavras do mundo: "tá querendo o quê, hein, garota? Você acha que tem chance, é? Se enxerga...".

Afastou-se da rodinha, sentindo-se agredida pela outra. "Será que estou ficando paranoica?", ainda pensou. Qual não foi seu espanto quando Michel a alcançou, pondo a mão no seu ombro:

— Calma, gatinha, a gente tem de conversar...
— O quê? — estacou, espantada.
— A nossa conversa, tá lembrada? Eu pelo menos não esqueci. Quer conversar agora? Ainda faltam uns minutos pra bater o sinal...
— Deixa pra depois, você está com a cabeça quente com o seu avô. Obrigada pelo interesse.
— Ele teve mesmo muita sorte — disse o garoto.

Ficaram mais algum tempo discutindo sobre responsabilidade, penas, culpas, cidadania, até que Michel lembrou:

— Mas, voltando ao nosso assunto, que tal a gente tomar

aquele refrigerante depois da aula? Eu quero falar uma coisa pra você.

— Se você faz questão...

Quando o sinal bateu, dirigiram-se para a classe. Barbie, que sentava na primeira fileira, volta e meia olhava para trás, encarando-a com raiva. Fazia isso acintosamente. Michel, da sua carteira, não parecia prestar atenção.

Na hora do intervalo, quando Anuska foi ao banheiro, teve uma surpresa. Topou com Francine, que escovava os dentes, os olhos esbugalhados e vermelhos.

— Continua a mesma, hein, até que você engana bem — disparou Anuska, sem conter o espanto.

Francine fez que não ouviu, continuando a escovação. Anuska insistiu:

— Me avise quando passar a bobeira, não fiz nada pra você. A médica me colocou contra a parede, o que eu ia fazer, mentir? Ela já sabia de tudo, os seus dentes e os seus dedos deram a maior bandeira.

Francine virou-se para ela, os olhos coruscantes, falou de boca ainda cheia de pasta:

— Me esquece, tá legal? Faz de conta que a gente nunca se viu antes.

— Tá ficando louca? A gente sempre foi a melhor amiga uma da outra. O que deu em você? Só porque criou juízo e resolveu se tratar...

— Quem disse que eu vou me tratar?

— Ué, a sua mãe até tirou licença pra...

— Deixa a mãe fora disso, tá legal? Pensa que na vida é tudo assim fácil como nos contos de fadas? Ela tirou licença, e daí? Acha que a gente vai se entender numa boa de uma hora pra outra? Como é que vai a sua relação com a mamãezinha, hein?

Cuspiu a pasta, enxaguou a boca e saiu pisando duro, deixando Anuska literalmente passada. Ela estava certa de que a amiga, ou ex-amiga, sei lá, iria se tratar. Ouvira a mãe dela marcar a consulta com a doutora Alana. Que loucura Francine arregar desse jeito!

Nem deu para concluir o pensamento, porque Barbie entrou de supetão no banheiro, como se esperasse a deixa, e foi despejando num jato só:

— Olha aqui, garota, se pensa que eu vou assistir você dar em cima do meu namorado sem fazer nada, tá sonhando... Eu acabo com você, tá me ouvindo...

Mesmo surpresa, Anuska revidou:

— Acaba, é? Pois eu quero ver... Além do mais, que eu saiba, o Michel nem tem namorada.

— Não me provoque, garota, você não sabe do que eu sou capaz! — Jogou os cabelos para trás e saiu quase espumando.

Anuska, depois da aparente frieza com que enfrentara a outra, teve um instante de vacilo. Molhou o rosto com água fria, tomou um gole. Só então saiu do banheiro. Cruzou com a professora de Português, Danila, que lhe perguntou se ela se sentia bem, pois estava muito pálida.

— Aliás — continuou a professora —, notei que você emagreceu a olhos vistos. A cada dia, as roupas parecem mais largas. Anuska, você está tão magra que até os seus colegas de classe comentam que têm medo de machucá-la, caso a abracem mais forte.

Anuska voltou ao normal ao ouvir isso. Devia estar todo mundo navegando em outra dimensão.

— Eu, magra? Faço regime, sim, mas uma coisa supermaneira. Nada que possa preocupar.

A professora insistiu:

— Você não está se sentindo fraca?

— Às vezes, sinto um pouco de tonteira e as pernas bambas, mas coisa passageira. Deve ser *stress* ou problema hormonal — Anuska admitiu.

— Que problema hormonal é esse? — interessou-se a professora.

— Nada demais — desconversou Anuska.

— Sabe, Anuska, você e a Francine me preocupam muito. Ainda bem que ela resolveu se tratar.

— A senhora está atrasada — rebateu Anuska. — Ela acabou de me dizer que não vai fazer tratamento nenhum...

— Ah, meu Deus, mas ela precisa. Você sabe, se ela continuar...

— Vomitando? — completou Anuska. — Ainda agora a flagrei escovando os dentes. Pelo que vi, não mudou nada. E a mãe dela está certa de que ela concordou em se tratar.

— E quanto a você, querida? — insistiu Danila. — Tem conversado sobre isso com a sua mãe?

— Sobre isso o quê? — Anuska mais uma vez ficou na defensiva.

— A Francine sofre de bulimia, e você... — a professora escolhia as palavras — ...pode estar sofrendo de outro distúrbio de alimentação, chamado de anorexia nervosa, já ouviu falar?

— A senhora está sonhando, não ouvi falar nem quero ouvir, se me der licença, estou na minha hora.

Danila segurou Anuska firmemente pelos braços, impedindo que a garota fugisse:

— Você está emagrecendo sem parar, deve pesar, quando muito, uns quarenta e cinco quilos, sei lá; você é alta, isso significa quase trinta quilos abaixo do seu peso ideal...

— Estou não, é impressão sua. Por falar nisso, tenho um compromisso, até mais... Depois a gente conversa.

14 PONDO AS CARTAS NA MESA

Mas Danila era insistente e não ia perder essa oportunidade de diálogo. Conseguiu convencer a garota a ir até a sala dos professores. Depois de servir-lhe um café, Danila abriu o jogo:

— Acredite em mim, Anuska, quando falo sobre anorexia nervosa; tenho lido muito sobre o assunto, porque, infelizmente, tive uma irmã que sofria disso também...

Um soluço impediu que ela completasse a frase. Curiosa, Anuska quis saber o que acontecera com a irmã de Danila.

Ela então, visivelmente emocionada, contou que a irmã fora anoréxica por muito tempo, achava-se gorda, apesar de emagrecer a olhos vistos; chegara a pesar trinta e poucos quilos, quase um cadáver ambulante. Até que apanhou uma infecção à toa, coisa de que as pessoas normais se curariam em poucos dias. Mas como o seu organismo tinha baixa imunidade — em consequência do permanente regime —, ela não reagira aos antibióticos e acabou morrendo, muito jovem, um desperdício de vida.

Anuska engoliu em seco. E fez a pergunta inevitável:

— E mesmo pesando tão pouco, ela se achava mesmo gorda?

— Achava — confirmou Danila. — Olhava-se em todos os espelhos, retrovisores de carro, qualquer superfície espelhada e se via obesa, monstruosa, apesar de todos dizerem o contrário. Mal se aguentava em pé de fraqueza e mesmo assim se recusava a comer.

Anuska ficou em silêncio, como que refletindo sobre o que a professora lhe contava. A outra não perdeu tempo:

— Você me falou de causa hormonal; sua menstruação

anda atrasada, estou certa?

Anuska fez que sim, com a cabeça.

— E você sente tonteira e fraqueza, não consegue dormir, está hiperativa, sem falar nas unhas quebradiças e queda de cabelos...

Anuska tornou a sinalizar positivamente.

Danila tomou as mãos da garota nas suas. Com voz carinhosa, tentou persuadi-la a pedir ajuda. Se fosse o caso, ela mesma falaria com os pais dela. Ainda estava em tempo, antes que esse regime causasse uma maior devastação no seu corpo...

Anuska reagiu furiosa:

— Proíbo a senhora de falar qualquer coisa para os meus pais. Eles não ligam mesmo. Principalmente para a minha mãe... A gente não se dá muito bem. Eu resolvo isso sozinha.

Danila, compreensiva, procurou sondar a aluna. Perguntou se não haveria mais alguém na família em quem Anuska confiasse para pedir ajuda. Uma avó por exemplo.

Uma luz iluminou os olhos da garota. E ela disse que sim, a avó, Natasha, era muito sua amiga. Mas tudo isso era exagero de Danila, ela não estava nessa situação coisa nenhuma, tirava de letra, podia parar o regime a hora que quisesse, tinha completo domínio sobre a sua vontade.

— Eu não posso, nem quero obrigá-la a nada — replicou Danila. — Só quero alertá-la, porque você é uma garota inteligente, capaz de compreender o perigo a que está se expondo. Vamos fazer o seguinte: eu lhe dou um prazo para você procurar ajuda, com seus pais ou sua avó, como você preferir. Senão...

Anuska encarou a professora:

— Senão o quê?

— Eu vou ter de procurar alguém da sua família. Minha consciência não permite deixá-la num túnel sem saída, repetindo o triste destino da minha irmã. Incrível como a sua família ainda não percebeu a gravidade do seu estado.

Anuska levantou-se decidida:

— Obrigada pelo interesse, mas já chega. Eu acho que a

senhora está se intrometendo onde não lhe diz respeito. Sabe que eu posso me queixar com a diretora...

— Até que não seria mau, Anuska, pois daí eu teria oportunidade de alertá-la sobre o seu estado de saúde e o de Francine também.

Anuska não queria acreditar no que ouvia. Não bastassem Barbie e Francine agredindo-a com palavras, ainda vinha essa professora maluca, querendo meter bedelho na sua vida. Será que a tinham tirado para Cristo, pô! Ela que cuidasse da própria vida!

Levantou-se de repelão, deixando Danila falando sozinha. Quando entrou na classe, a aula já iniciada, recebeu um olhar inquisitivo do professor de matemática. Ela sempre tão atenta à matéria, uma das melhores alunas, jamais se atrasava.

Barbie e Francine fizeram de conta que a ignoravam, mas Michel acenou do seu lugar, fazendo sinal de que a esperava após as aulas.

Ela, porém, não tinha a menor condição de encontrá-lo. Sentia-se esgotada, física e emocionalmente. Quando o sinal tocou, após a última aula, saiu de fininho e tomou o ônibus para casa, deixando o garoto esperando por ela no tal barzinho.

Ao chegar em casa, meio arrependida da sua atitude, mal tocou na comida. Depois, trancou-se no quarto. Não demorou muito, o telefone tocou. Ela não atendeu. Mas, segundos depois, Jozelsa bateu na porta do quarto:

— Telefone pra você.

— Diz pro Michel que depois eu falo com ele.

— Mas não é o Michel, é a dona Débora, a mãe da Francine. E parece preocupada.

Suspirando, Anuska atendeu o telefone. Ouviu uma enxurrada de palavras do outro lado da linha. Débora estava desesperada:

— Anuska, não sei mais o que fazer. Preciso muito da sua ajuda. Francine está me enlouquecendo. Come feito uma louca, depois vomita tudo. Não adiantou nada eu tirar licença para ficar perto dela, até piorou. Parece que há um obstáculo entre nós duas. Será que você, sendo a melhor amiga dela, não poderia ajudar?

— Mas como? — ainda tentou rebater. — Ela nem quer mais papo comigo.

Mas Débora não queria saber de desculpas, insistia, insistia... As palavras invadiam a cabeça de Anuska como uma torrente. Ficou ali ouvindo, até que o telefone escapou-lhe das mãos, enquanto sentia que rolava rio abaixo, sumindo no torvelinho das águas...

SEGUNDA PARTE

1 A SORTE MUDA

Era dia de rodízio de carros para a mãe de Barbie; então combinaram que ela iria e voltaria da escola de ônibus. A garota, muito comodista, detestava a situação, mas a mãe fazia questão de colaborar com o esforço da comunidade para diminuir aquela terrível poluição que, inclusive, deixava todos com uma secura insuportável na boca, olhos ardendo e mãos rachando. Além do agravamento dos casos de bronquite e asma, principalmente em crianças e idosos.

Terminada a última aula, resmungando, Barbie pegou suas coisas, inclusive o amado *book*. Engraçado, hoje o Zeílton não estava, como sempre, esgueirando-se atrás dela.

Já percebera, claro, o quanto ele era apaixonado. Mulher sabe dessas coisas. Basta um olhar, um gesto, está descoberto o segredo. É uma sensação íntima, sei lá, uma troca de fluidos, eletricidade, que avisa: "estou agradando, ele me quer...".

Ela já passara por isso antes, principalmente quando Michel viera para a escola. Foi só bater os olhos no rapaz para sentir a pele arrepiada, o coração disparado, a boca seca... No início, Michel parecia até corresponder a esse curto-circuito, e ela até peitara Anuska, possível rival. Mas, aos poucos, a coisa toda esfriara.

No caso do Zeílton, porém, o sentimento era unilateral. Sentia o garoto na palma da sua mão, rolando por ela. Legal esse exercício de poder. Apenas isso, porque corresponder ao amor do garoto, nem pensar. Ele definitivamente passava longe do seu tipo. Era gordo demais, submisso demais, tudo demais.

Antes de sair da escola, ainda ficou um bom tempo no banheiro, retocando a maquiagem. Fazia hora para não ser vista pelos colegas. Acostumada a entrar no carrão importado da mãe, agora se via obrigada a ficar parada no ponto do ônibus e ainda enfrentar aquela barra de superlotação. Um saco essa história de rodízio. A mãe fazia questão de ser politicamente correta. E ela é quem pagava o pato.

Saiu da escola de mau-humor, carregando a pasta atulhada de cadernos e outras coisas que ela cismava de levar. Precisava lembrar de esvaziá-la um dia por semana.

Olhou por cima do ombro, nem sinal do fiel Zeílton. Talvez estivesse no ponto, pois ele ia e voltava sempre de ônibus. Mas onde ele morava, nem fazia ideia.

Mas ali também ele não estava. Devia ter chegado antes, ela se demorara muito no banheiro, fazendo hora.

Quando o seu ônibus finalmente chegou, Barbie subiu e sentou-se lá no fundo, para facilitar a saída. Na verdade, eram apenas alguns pontos. Se fosse menos preguiçosa, poderia ir até a pé. Mas com esse solarão, nem pensar.

O lugar ao seu lado estava vazio. Logo depois, um homem de idade indefinida, entre vinte e trinta anos, sentou-se ao seu lado. Um passageiro comum.

De repente, o homem, como se fosse um velho conhecido, passou o braço direito pelo seu ombro e murmurou no seu ouvido:

— Calada e obedeça, garota, que eu tenho uma faca bem perto do seu coração. O que eu fizer, você faz. Caso contrário, morre aqui mesmo.

Barbie estremeceu. Se era verdade ou não o que o homem falava, ela não tinha certeza, mas, olhando de esguelha, viu que ele mantinha a mão esquerda bem junto à sua jaqueta. Dentro do pânico que tomou conta dela, pareceu sentir uma ponta de faca encostada no seu corpo. Ela não tinha outra opção, a não ser aguardar os acontecimentos.

Não demorou, o ônibus diminuiu a velocidade e parou num ponto. O homem desconhecido levantou-se, obrigando-a a fazer o mesmo. Desceram como se estivessem abraçados, um casal que não chamava a atenção de ninguém.

O homem mantinha-se colado ao corpo de Barbie, na mesma posição anterior: braço direito sobre o ombro e o esquerdo encostado junto à jaqueta da garota.
Ficaram uns minutos no ponto. Logo, um outro ônibus encostou, placa de bairro distante.
O homem e Barbie subiram. Num breve virar de cabeça, ela ainda tentou atrair a atenção de alguém, o olhar denotando extremo pavor. Mas, preocupados com a sua própria vida e apressados em conseguir um lugar no ônibus, ninguém prestou atenção ao seu apelo desesperado.
Depois de passarem pela catraca, onde o cobrador também não desconfiou de nada, sentaram-se no fundo do ônibus. Rodaram por vários quilômetros, o trânsito como sempre estava infernal. Finalmente, depois de mais de uma hora, o homem e Barbie levantaram-se e desceram, a garota ainda firmemente mantida junto ao corpo dele. Mais uma vez, Barbie tentou virar a cabeça para trás, para atrair a atenção de alguém, mas o homem deu-lhe um tranco, obrigando-a a seguir em frente.
Caminharam pela estradinha de terra até um matagal. Ali, finalmente, o homem mostrou suas sinistras intenções. Largando Barbie, e mostrando a faca que deixara encostada o tempo todo no corpo da garota, ele deu a ordem seca:
— Tira a roupa, calada, senão te mato aqui mesmo.
Barbie estremeceu como se tivesse levado um choque. Ainda tentou dialogar:
— Não faz isso, por favor, eu sou rica, o meu pai te dá muito dinheiro, é só ligar pra ele...
— Boa ideia, mas, por enquanto, tira a roupa, anda, senão te furo toda — ordenou o homem, avançando na direção da garota.
Foi um átimo, um segundo, enquanto ela, desesperada, grito preso na garganta, decidia se preferia morrer ou ser estuprada. O pavor era tanto que sentia os dentes rangerem...
Como se quisesse facilitar sua decisão, o homem chegou até ela e puxou sua blusa com brutalidade, o que fez os botões

saltarem. Em seguida, jogando o seu corpo contra o dela, o homem a fez cair sobre o chão de terra. Ela sentiu que tudo rodopiava à sua volta...

Foi então que um vulto saído do nada agarrou o homem por trás e, num ataque de fúria, jogou-o adiante, como se fosse um boneco de pano. Ele ainda tentou se levantar, mas foi colhido por um soco vigoroso, que novamente o prostrou no chão. Ele ficou ali, jogado, como um fardo imprestável, desacordado.

Barbie, arquejante, segurando a blusa rasgada, tudo presenciou sem abrir a boca, muda de terror e ao mesmo tempo de alívio. Seus olhos teimavam em não acreditar no que viam.

Foi só quando o outro virou-se e caminhou em sua direção que ela teve certeza. Ele colocou a mão machucada sobre o seu ombro e falou naquela voz, baixa e tímida, que ela conhecia tão bem:

— Tudo legal com você? Por sorte eu peguei o ônibus já andando... Desconfiei desse cara, segui vocês o tempo todo... Ele te machucou? Depois de chamar a polícia, eu te levo para um pronto-socorro...

A garota explodiu em soluços, extravasando todo o pavor que sentira nas últimas horas:

— Me tira daqui, me tira daqui! — implorou.

Zeílton ajudou-a a se levantar. Passaram pelo homem, ainda desacordado, e saíram à procura de um orelhão para chamar a polícia.

2 BARBÁRIE

A polícia talvez demorasse a chegar. Barbie não tinha condições de permanecer no local, e Zeílton não queria deixá-la sozinha. Dirigiram-se a um boteco próximo, onde pediram refrigerantes. Alguns frequentadores olhavam intrigados para a garota, que segurava a blusa por falta de botões.

A dona do bar, percebendo o constrangimento de Barbie, ofereceu um alfinete para melhorar a situação. Mas, não contendo a curiosidade, perguntou:

— O que foi que aconteceu com você? Parece assustada, garota.

Nervosa como estava, Barbie desabafou, contando o ocorrido. De como por verdadeiro milagre o colega a salvara do estupro. O criminoso estava desacordado dentro da mata, e a polícia chegaria em poucos minutos.

— Ah, minha filha, que sorte você teve! — a dona do bar suspirou fundo. — Faz tempo que esse desgraçado vem atacando as mulheres por aqui. Até agora ninguém conseguiu pôr as mãos nele, é mais rápido que um gato... Você tem certeza de que pegaram mesmo ele?

— Pelo menos, quando a gente saiu de lá, ele ainda estava esborrachado no chão — confirmou Zeílton.

— Tão falando do quê? — Um homem de uns cinquenta anos achegou-se, visivelmente interessado.

A dona do bar entregou:

— Daquele desgraçado que tem estuprado as mulheres, seu Manuel...

Os olhos do homem brilharam de fúria:

— Que é que tem ele?

— Imagine só que ele tentou atacar esta mocinha aqui e o colega dela chegou bem na hora e derrubou ele com um soco...

— E onde ele tá agora? — Os olhos do homem agora soltavam até faíscas.

Zeílton procurou maneirar:

— Calma, gente, eu já chamei a polícia, ela não demora, tá vindo aí, não vão fazer nenhuma bobagem... Mas a notícia já se espalhara pelo boteco, como rastilho de pólvora. Outros homens que bebericavam por ali se juntaram em torno de Manuel, falando alto:

— Vamos lá, gente, acabar de uma vez por todas com isso. Esse cara tá merecendo. O garoto aí só começou, o cara não merece viver...

— Pelo amor de Deus! — afligiu-se Zeílton. — Calma aí, gente, a polícia tá chegando, eu já disse. O cara ficou largado lá no chão. Só não fiquei vigiando por causa da minha colega aqui... Mas ninguém mais o ouvia. Saíram todos do boteco, inclusive a dona. Falando alto, chamaram a atenção de alguns transeuntes, que se juntaram a eles. Logo, uma pequena multidão dirigia-se ao lugar referido pelos garotos. Muitos catavam pedras ou pedaços de pau, outros tiravam as cintas das calças. Agora, já era um pelotão de execução.

Barbie e Zeílton não acreditavam no que viam e ouviam. Espantados, comentaram entre si:

— Minha nossa, eles vão linchar o cara...

Zeílton catou a mão de Barbie e saíram correndo do boteco, apavorados. Nesse instante, duas viaturas de polícia chegavam, sirenes ligadas. Zeílton fez sinal, os carros frearam, bruscos. Um dos policiais pôs a cabeça pra fora:

— Foi daqui que chamaram? Onde está o elemento?

— Fui eu quem ligou. Eu salvei a minha colega do estuprador. Ele está caído naquela direção, dentro da mata. Vão logo que a turma aqui do bairro já foi, decidida a linchar o cara... — despejou o garoto.

— Esperem aqui — disse o policial. Ato contínuo, falou qualquer coisa com o colega ao volante, que acelerou, seguido pelo outro carro. Dirigiram-se a toda velocidade, ainda com

as sirenes ligadas, para o local indicado.
Ao chegarem, viram um círculo humano em torno da presa, já submissa. Em movimentos cadenciados — como se estivessem executando uma tarefa predeterminada —, homens, mulheres, e até crianças, batiam com pedras, paus, cintas, enquanto do chão ouviam-se gritos abafados, que mais pareciam estertores...

Os soldados pularam das viaturas, gritando:
— Polícia! Larga o homem, larga o homem...
Ao som das vozes, alguns linchadores pararam, os objetos sujos de sangue nas mãos. Depois saíram correndo... Outros, porém, imersos na fúria assassina, continuaram o insólito espetáculo.

Os policiais, sem escolha, atiraram para o alto, várias vezes, enquanto continuavam gritando:
— Larga o homem, senão leva bala, larga o homem...
Assustados, olhos quase saindo das órbitas, aos poucos, deixaram a presa, que jazia estendida e ensanguentada no chão de terra. Depois, fugiram todos, esgueirando-se pela mata...

Os policiais acercaram-se, deram com o homem, que nem mais gemia, pondo sangue e pedaços de dente pela boca retorcida. Todo o seu rosto, aliás, era uma pasta sangrenta. O resto do corpo não ficava muito atrás.
— Ele ainda está vivo. Direto pro hospital — ordenou o oficial que liderava a ação.

Os soldados carregaram o homem para uma das viaturas. Incrível como não morrera após o bárbaro ataque. Agarrava-se à vida, num esforço sobre-humano.

Uma das viaturas dirigiu-se, conforme a ordem dada, para um hospital, enquanto a outra retornava para apanhar os garotos que, assustados, aguardavam na porta do boteco.

Zeílton e Barbie, sem escolha, foram transportados até a delegacia. Barbie tremia. Não bastasse o rapto e a tentativa de estupro, ainda o linchamento. Sentia-se como se fosse personagem de algum filme de violência, desses que tirava na videolocadora do seu bairro.

Mas, infelizmente, era a pura realidade. Ali estava ela, junto com Zeílton, num carro de polícia, dirigindo-se a uma delegacia para bater o tal BO. Um arrepio passou pelo seu corpo: o que ainda lhe estava reservado nesse dia macabro?

A delegada de plantão pediu o número do telefone das respectivas casas para chamar os responsáveis. Por se tratar de vítima do sexo feminino, os policiais haviam se dirigido a uma Delegacia de Defesa da Mulher. Barbie sentiu-se mais reconfortada, e contou com detalhes tudo o que sucedera, desde a hora em que deixara o colégio.

Zeílton confirmou a última parte do episódio e a agressão ao homem, em defesa da colega. Contou também que, ao relatarem de forma inocente o acontecido, foram os indiretos causadores do linchamento.

— Você vai ter de fazer um exame no Instituto Médico Legal — a delegada avisou Barbie, explicando o que era e por que tornava-se necessário o tal exame.

Barbie reagiu, apavorada. Será que esse pesadelo não terminaria nunca?

— Fique calma — pediu Zeílton. — Logo seus pais estarão aqui, e eu não sairei do seu lado. Tudo vai acabar bem, você vai ver.

3 AS NOTÍCIAS FERVEM

Nos dias que se seguiram, o colégio ferveu de comentários sobre os últimos acontecimentos, principalmente os que envolviam Barbie e Zeílton. Ele, de garoto relegado a segundo plano e discriminado pela turma, teve o seu momento de glória absoluta, ascendendo à categoria dos privilegiados, dos quais os colegas sentiam inveja.

Barbie muito colaborou para isso. Não cansava de repetir a história de como fora salva no minuto final pelo Zeílton, e de como ele não a deixara sozinha em momento algum, até que os pais dela aparecessem, assustados, na Delegacia da Mulher. Concluía, dizendo:

— Ele é o meu herói!

Zeílton, por sua vez, não continha a alegria. Não fosse o prazer supremo de ter salvado a sua deusa, ainda tinha o reconhecimento da garota e de todos os colegas, que o faziam também repetir a história toda!

A delegada, porém, continuava apreensiva. Seria o homem hospitalizado o mesmo estuprador que vinha atacando mulheres na cidade, por meses seguidos? Depois de abordar suas vítimas, ele se dirigia para aquele bairro distante, onde as violentava. O perigo da justiça feita pelas próprias mãos era justamente esse: matar um inocente.

Inocente, propriamente, ele não era, pois atacara Barbie e ela o reconhecera, pois estivera em sua companhia por um bom tempo. Seria coincidência demais que houvesse um outro homem desacordado na mata, na hora em que os linchadores para lá se dirigiram... Mas coincidências existem, e já haviam mandado para a cadeia muitos inocentes. Ainda bem que no Brasil não existe pena de morte. Caso contrário, como reparar o erro?

Consciente de todas essas armadilhas, a delegada resolveu tomar novamente o depoimento de Barbie e Zeílton.

Acompanhados de pessoas responsáveis — por serem menores de idade —, ambos retornaram à delegacia.

Barbie descreveu perfeitamente o sequestrador, inclusive suas roupas. Essa última parte serviu para tranquilizar a delegada, pois a garota foi precisa. As roupas que o ferido usava quando adentrou o hospital conferiam.

Quanto à parte física — como, obviamente, o estuprador não tinha condições de ser levado para reconhecimento —, ela resolveu que um desenhista da polícia faria o retrato falado dele. Assim, poderia mostrá-lo em jornais e TV, facilitando o reconhecimento por outras possíveis vítimas. Se isso desse certo, cessariam as buscas que já duravam meses, tranquilizando a comunidade. Caso contrário, reiniciariam a caçada ao criminoso.

Barbie tornou a dar o melhor de si, descrevendo pormenorizadamente o assaltante: um homem branco, entre vinte e trinta anos, estatura média, magro, com cabelos escuros e lisos, sobrancelhas cerradas e olhos castanhos. Tinha inclusive uma grande pinta negra na bochecha direita, possível sinal de nascença.

O desenhista da polícia era um artista hábil e logo terminou o seu trabalho. Mostrou-o à Barbie, que ficou relutante:

— Está bom, mas poderia ser melhor... Zeílton, mostre o retrato falado que você fez...

— Do que você está falando? — interrompeu a delegada, sem entender.

— O Zeílton é um desenhista maravilhoso — continuou Barbie — e fez, a meu pedido, o retrato do bandido. E, sem querer ofender o desenhista da polícia, garanto que o desenho dele ficou perfeito...

Aquilo era extremamente irregular, mas se a vítima afirmava com tanta segurança que o outro desenho estava melhor...

— Posso ver o retrato que você fez? — a delegada dirigiu-se a Zeílton, que não se fez de rogado. Abrindo um portfólio, dele retirou uma folha, na qual desenhara o rosto do sequestrador.

— Está vendo, doutora, como bate direitinho com a minha descrição? — falou Barbie, ansiosa para que aquilo terminasse o mais rápido possível. — As sobrancelhas grossas, a expressão do olhar... o Zeílton captou tudo, está perfeito!

A delegada comparou os dois desenhos. Apesar de o retrato falado feito pelo desenhista da polícia estar bem-feito, o outro, realizado pelo garoto, era visivelmente superior. Dava tanta vida àquele rosto que ele parecia falar. O interessante de tudo, pensou a delegada, era o antagonismo da coisa: o homem aparentava ser uma pessoa comum, não havia nada que fizesse supor a sua periculosidade.

— Muito bem, daremos publicidade às duas versões — decidiu-se a delegada. — Vamos contar com a sorte e a coragem das vítimas. Muitas delas, infelizmente, não dão queixa por medo ou vergonha.

Para alegria de Zeílton — ao ver o seu talento reconhecido —, as fotos apareceram por dias seguidos na mídia. Isso ocasionou o aparecimento de pelo menos duas dezenas de outras vítimas, de variadas idades e aparências, o que fez a delegada deduzir que o objeto de ódio e violência do criminoso era a mulher de uma forma geral, e não um biotipo específico.

Agora, tanto a delegada quanto a comunidade podiam ficar em paz: o elemento que se recuperava no hospital era, sem sombras de dúvidas, o estuprador procurado há meses. Ela ainda tinha esperança que mais mulheres tomassem coragem para denunciar os possíveis estupros restantes.

Além de todo esse redemoinho de emoções — em torno do sequestro e salvamento da Barbie —, outro assunto também tomou conta do colégio por vários dias: o internamento da Anuska, quase em estado de coma.

Michel, que tomara parte ativa nos acontecimentos, também era muito solicitado para contar os detalhes.

Michel gostaria que o assunto ficasse em sigilo, por uma questão de respeito, ética, mas a história vazara, ele não sabe como. Francine, que parecia indiferente à amiga nos últimos tempos, era a mais interessada no assunto:

— Ela continua internada, Michel? Sabe se pode receber visitas?

— Acho que não. Anuska está muito fraca, está sendo realimentada por sonda. Ainda corre perigo. Vai ser uma luta até ela entender que precisa se ajudar...

— Sorte a dela que você estava chegando quando ela desmaiou lá no quarto...

— É, foi sorte mesmo — concordou o garoto. — Eu tinha marcado um encontro no barzinho para depois da aula; como ela não apareceu, fui até a casa dela. Foi aí que eu e a Jozelsa a encontramos caída no quarto...

— E o que você queria falar com ela no barzinho, hein? — perguntou Francine, muito enxerida, disfarçando o remorso que sentia por ter evitado a amiga nos últimos tempos.

Michel parecia escolher as palavras:

— Meu pai e meu avô são endocrinologistas, inclusive o meu pai é voluntário no Ambulatório de Distúrbios Alimentares do Hospital das Clínicas.

— E daí?

— Daí que comentei com eles o caso da Anuska, de como ela emagrecia cada vez mais, parecia quebrar ao meio, de tão magra. Eles pediram para eu conversar com ela, convencê-la a tentar um tratamento no ambulatório, que trata não só de anorexia nervosa, como também de bulimia...

— Troca em miúdos — pediu uma colega. — O que é isso?

— São dois distúrbios alimentares graves — explicou Michel. — Anorexia nervosa é o caso da Anuska, quando a pessoa simplesmente se recusa a comer. Bulimia é quando a pessoa come e depois provoca o vômito. Ambos podem ter sérias consequências, levar até à morte...

Francine engoliu em seco. Tivera a chance de se tratar e pulara fora. A mãe vivia no seu pé, tentando levá-la para a consulta no tal ambulatório. E suas crises estavam cada vez mais frequentes. Sentia que atingira o seu limite de exaustão.

4 VOLTANDO A SI

Anuska abre os olhos, tenta situar-se. Está num quarto desconhecido, paredes pintadas de branco. Não é o seu quarto, nem a sua casa. Uma sonda entra pelo seu nariz e desce pela garganta, causando-lhe desconforto.

De repente, um homem se aproxima. Está vestido de branco e tem a fisionomia sorridente. Ele se achega, e ela tem a nítida impressão de que já o viu em algum lugar — os traços do seu rosto, os olhos escuros, o nariz, a boca, tudo lhe parece familiar. Mas de onde o conhece? Que lugar é este? E quem é o homem que está parado ao lado do seu leito? Sente-se como uma astronauta, cuja nave caiu em algum planeta desconhecido, acordando depois do impacto: totalmente indefesa.

— Meu nome é Jean, doutor Jean — diz o homem. — Sou pai do Michel, seu colega de escola...
De repente — como o sol que surge depois de uma tempestade —, há um clarão em sua mente. Ela lembra que estava falando no telefone com a mãe de Francine, depois, tudo virara escuridão, e ela sumira, despencara no abismo.
Como se penetrasse em seus pensamentos, o outro continua falando:
— Você foi encontrada desmaiada no seu quarto pelo Michel e trazida aqui para o Hospital. Esteve desacordada por várias horas, tal o seu estado de fraqueza. Essa sonda que você está sentindo no seu nariz é para levar a alimentação diretamente para o seu estômago, não se assuste, logo iremos retirá-la.
Ela tenta responder, enquanto duas lágrimas rolam pelo seu rosto. Está submetida, presa, inerte. Tudo o que ela mais ama na vida, o controle total sobre o seu próprio corpo, foi retirado dela. No entanto, o homem parece bondoso, suas palavras são carinhosas. A expressão do seu olhar denota preocupação. Ele enxuga delicadamente suas lágrimas:
— Evite falar, Anuska, porque vai machucar sua garganta. Eu já disse, você logo vai se ver livre dessa sonda. Fomos obrigados a realimentá-la dessa forma, caso contrário o seu organismo não resistiria. Você está fraca, sua massa corpórea abaixo do normal, precisa de cuidados.
Anuska vira a cabeça para o outro lado, não quer encarar a realidade. Mas o médico insiste:
— Estou lhe dizendo isso, sendo o mais franco possível, porque quero a sua ajuda. Assim que estiver mais forte, outros membros da equipe virão conversar com você. Por enquanto, procure dormir, descanse o máximo. Tenha a certeza de que faremos tudo para que você volte a ser a garota saudável de antes.
Doutor Jean passa a mão em seus cabelos, sorri e se afasta. Ela o acompanha com os olhos, teve boa impressão dele, é um homem gentil e educado, tal qual o filho, e parece competente, enfim, tudo o que se espera de um bom médico. Além de

tudo é bonito, de uma beleza não apenas exterior, mas com aquela aura de encanto que parece vir de dentro, um carisma. Um cansaço extremo toma conta dela. Vai fechando os olhos devagar, suavemente, tal qual um bebê... Logo mais está dormindo, ressonando suavemente. Misericordiosamente liberada, pelo menos por enquanto, da sua imagem impiedosa no espelho!

Quantos dias passou assim — deitada naquela cama de hospital —, ela não saberia dizer. Um dia, quase por milagre, acordou livre da sonda, enquanto uma enfermeira sorridente e gorda, num uniforme impecavelmente branco, dirigia-se a ela:

— Bom-dia, Anuska. Pronta pra um bom café da manhã? Olhe que bandeja cheirosa eu trouxe pra você.

Olhou a bandeja à sua frente: duas pequenas jarras, possivelmente leite e café. Pães, manteiga, geleia, uma fatia de mamão. Sentiu o estômago vazio, pedindo comida. Mas, como numa catarse, retornando ao rígido comando que sempre mantinha sobre o seu corpo, anunciou, solene:

— Não tenho fome.

— Ah, tem sim — disse a enfermeira, começando a colocar o café com leite na xícara. — Impossível que não sinta fome, depois de tudo por que passou. Vamos comer um pãozinho com manteiga e geleia, devagar pra não machucar a garganta. Quero ver cor nesse rosto pálido, garota...

O olhar de Anuska cruzou com o da enfermeira. Nem sabia o nome dela, mas sentiu que encontrara uma adversária à altura. Não seria fácil enganá-la, nem continuar no controle da situação. Tentou suborná-la:

— É que eu não me sinto bem, estou meio enjoada, sabe como é...

— Se comer, melhora — disse a outra, seca, levando a xícara com o café com leite aos lábios de Anuska. — Sinta o cheiro bom, engula, dê ao seu corpo o que ele precisa...

Anuska, muito a contragosto, tomou um pequeno gole, sentiu o gosto do leite misturado ao café na boca áspera, onde

por tantos dias estivera aquela sonda horrível... Ao segundo gole, tentou resistir, mas a outra não desistia fácil:

— Quer voltar para a sonda, garota? Não? Então, colabore, você chegou aqui meio morta, sabia? Como tantas outras antes de você. Não vou permitir que você faça isso com você mesma. Sou sua amiga, entende, tudo o que eu fizer será para o seu bem... Ah, antes que me esqueça, meu nome é Rita de Cássia, como a santa, minha mãe é muito devota dela.

— Quem disse que você é minha amiga? Você nem me conhece... — revidou Anuska, irritada com a prepotência da outra, cerrando os dentes para não engolir o resto do café com leite.

— Mas eu quero ser sua amiga — devolveu Rita, passando a manteiga no pão e depois colocando um pedaço na boca de Anuska. — Você vai ser o meu bebê, até aprender a comer sozinha novamente...

— Mas eu sei comer sozinha — revoltou-se Anuska. O que aquela prepotente pensava da vida? Que ela era uma inválida, que não podia nem se alimentar e...

— Sabe mesmo? Então me mostre, eu quero ver. Iria me poupar um monte de trabalho. Eu acho que você esqueceu como se come, e é tão gostoso, não é? Já imaginou uma mesa farta, cheia de coisas gostosas e cheirosas...

— Por isso que você é gorda — devolveu Anuska, deliciada em poder agredir a outra. — Já se olhou no espelho?

— Todos os dias — replicou Rita, e seus olhos lançavam uma desafiadora resposta à Anuska. — E, pra falar a verdade, gosto do que vejo. Aliás, meu namorado adora abraçar uma mulher cheia de curvas, ele detesta magrelas...

— Você é louca! — Anuska virou-se para o lado, tentando impedir que a enfermeira a alimentasse. Mas Rita era como um tatuzão de metrô: depois de ligado, não havia o que o detivesse. Delicada, mas firmemente, fez com que Anuska voltasse o rosto para ela, e colocou mais um pedaço de pão na sua boca.

— Você está me obrigando a comer, eu posso dar parte de você, sabia? — Anuska mastigava o pão, enraivecida.

— Até pode mesmo, eu nem devia fazer isso, sabia? Bastava deixar o café aí. Mas eu gostei de você, é tão bonita... O Michel me disse que você é uma boa garota, inteligente, a primeira da sua turma...

— O Michel? Você conhece o Michel? — perguntou Anuska, de repente interessada.

— Quem não conhece aquela gracinha, o filho do doutor Jean? Aliás, que ninguém nos ouça, são duas gracinhas. Que homens maravilhosos! Cá entre nós, o Michel me pediu que tentasse fazer você comer, que insistisse, que ele gosta muito, muito mesmo de você!

5 DEPOIS DA TEMPESTADE

Foi como se um arco-íris surgisse no céu, após uma chuva diluviana. Sentindo-se enrubescer, Anuska ergueu-se um pouco na cama, apoiada nos cotovelos:

— Conta direito essa história, vai...

Rita de Cássia aproveitou a chance:

— Se você comer um pouquinho, eu conto, se não... acho que vou ficar devendo, sabe como é...

— Sai daqui, sua chantagista, você parece a minha mãe — gritou Anuska, irritada.

— Já que você tocou no assunto, querida, sua mãe não saiu daqui enquanto você estava mal, sabia? O seu pai também estava triste, claro, mas a sua mãe... Meu Deus, foi uma lou-cu-ra: chorou tanto, a coitada, que eu quase trouxe um lençol pra ela...

A frase soou tão cômica, que Anuska caiu na risada:

— Um lençol? Mas como você é exagerada. Devia estar fazendo programa de humorismo na televisão...

— É o meu sonho, sabia? Trabalhar na TV. Quem sabe, um dia... Você conhece aquela gordinha fantástica, que é uma humorista de primeira e...

— Verdade que a minha mãe chorou muito? — Anuska, sem perceber, mostrou interesse.

— Chorou, menina, dava até dó. Deve ter um remorso daquele tamanho. Sabe que ela até me contou que a vida inteira se entupiu de anfetaminas, que sofria efeitos colaterais horríveis, tonteira, boca seca, disenteria... Coitada. Como é triste a gente não se aceitar, né? Acho que ela se culpa por você ter ficado viciada em regimes...

— Você parece tão segura de si, duvido que nunca tenha sentido vergonha desse seu corpaço — provocou Anuska, enquanto a outra lhe punha na boca um pedaço de mamão, que estava doce, uma delícia...

Rita aceitou o desafio:

— Pra ser bem sincera com você, garota, antes eu tinha um certo complexo, sabia? As minhas amigas eram todas magras, e eu me achava o maior trubufu da paróquia. Mas, um dia, eu resolvi enfrentar o meu problema de frente...

— Conta de uma vez, sua peste! — Anuska comeu outro pedaço do mamão. Nossa, como é que uma simples fruta podia ser tão deliciosa?

— Comecei a refletir sobre a alegria de ser mulher e a capacidade que só a mulher tem de carregar a vida dentro de si, na gravidez. De como uma pessoa é única, com seus defeitos ou

qualidades. Ela pode ser alta ou baixa, gorda ou magra, o importante é amar e respeitar esse corpo, que é a sua própria identidade. O corpo deve ser sempre um amigo, jamais um inimigo.
— E isso ajudou você? — Anuska ficou interessada.
— Claro que não foi um passe de mágica, foi aos poucos... Passei a me olhar no espelho de uma outra forma, sabe, com carinho, admiração. Aprendendo a me achar bonita, do jeito que sou, a me amar... Afinal, se a gente mesma não se amar, como pode pretender que alguém nos ame, não é?
— Eu nunca tinha pensado nisso... — Anuska suspirou fundo. Aquilo tinha lógica.
Rita continuou, entusiasmada:
— Foi como uma luz, uma revelação... Depois que eu descobri o caminho, tudo ficou mais fácil. Desde esse dia eu acordo feliz, sinto alegria no meu trabalho... Afinal, sou uma pessoa útil, ajudo os outros... E, pra completar, quando estava numa boa comigo mesma, eu conheci o Anselmo.
— Que é que tem esse Anselmo?
— A gente se conheceu no ônibus. Um dia, ele desceu no meu ponto e me seguiu até em casa. Eu já estava ficando até apavorada, sabe como é, tem tanto tarado por aí...
— Então? — Anuska não tirava os olhos da enfermeira. Ela aproveitou e colocou outro pedaço de mamão na boca da garota.
— Quando estava entrando em casa, ele me parou e perguntou, com aquele jeito macio dele: "Por favor, senhorita, posso lhe dar uma palavrinha?".
Anuska caiu na gargalhada:
— Desculpe, mas ele falou desse jeito mesmo?
— É, foi assim mesmo — continuou Rita, deliciada com a própria história. — Eu me virei e respondi: "Se for só uma palavrinha, pode".
Rita olhou bem nos olhos de Anuska e completou a história:
— Então, ele me disse que tinha me seguido até ali porque nunca na vida dele, mas nunca mesmo, ele tinha visto uma

mulher tão bonita, tão encantadora, que eu era a mulher dos sonhos dele e por aí afora...
— Jura? — Anuska estava vivamente interessada. Mas recusou o bocado de pão que a outra tentava colocar na sua boca. Era sabida essa Rita. Tentava enganá-la de todo o jeito.
— Abra a boca ou fica sem saber o final da história...
— Tá legal. — Anuska mastigou o pão, à espera.
— Desde esse bendito dia, a gente está junto. Isso já faz uns três anos, sabia? Estamos noivos, vamos casar no final do ano, já compramos tudo para a nossa casa, que, aliás, construímos com a ajuda dos amigos, em mutirão de final de semana...
— E como é o Anselmo, ele é bonito?
— Bonito? — Rita fez um muxoxo. — Bonito, eu não sei, essa história de bonito é muito pessoal, eu pelo menos acho. Ele é um homem de estatura média, olhos e cabelos castanhos, lábios finos e magro...
— Você disse magro?
— É, magro. Ele é bem magro. Por quê?
— Deve ficar meio engraçado vocês dois...
— E daí? — Rita sorriu e seus olhos brilharam. — Ele me aceita como eu sou, e vice-versa. Uma pessoa é muito mais do que a aparência externa, ela é um ser completo, com inteligência, sensibilidade, humor, sabia? O Anselmo foi um presente dos deuses pra mim. Ele veio completar a minha felicidade.
— Então conta pra mim o que disse o Michel, vai, seja boazinha...
— O Michel? — Rita deu uma requebrada com os ombros, revirou os olhos:
— Ele está gamadíssimo, meu bem, mais gamado impossível...
— Gamado, por quem?
— Ora, não se faça de tonta. Você acha que um rapaz vem todo dia a um hospital perguntar por uma garota, mesmo com visita proibida por ordem médica, pede para tratá-la bem, dar comida na boca, por quê, hein?

— Por solidariedade, compaixão, sei lá...

Rita caiu na risada:

— Você ainda precisa viver muito, querida. Quando um homem gosta de uma mulher, ele adora ser um super-herói, sabia? Salva a sua amada, leva para o hospital, depois vai lá todos os dias, com flores, bombons... Eu dou o meu dedo mindinho se isso não for gamação e das grandes.

— Ele fez tudo isso?

— Tudinho. Como você ficou aí largadona, as flores murcharam, e os bombons a sua mãe distribuiu por aí, para as colegas de enfermaria. Até eu papei alguns, estavam uma delícia...

"Colegas de enfermaria". Anuska teve um sobressalto. Incrível que só agora percebesse que estava numa pequena enfermaria, e havia mais três leitos além do dela, onde outras jovens também tomavam o seu café da manhã.

— São todas... — começou, sem coragem de terminar a frase.

— ... anoréxicas? Hum, sim. Também estão reaprendendo a comer. Comer é vida, garota, sabia disso?

Como se tivesse se lembrado, de repente, da sua obrigação, Rita foi incentivar as ocupantes dos leitos vizinhos:

— Muito bem, garotas, nada de truques, estou de olho em vocês; quero ver todas essas bandejas vazias...

Anuska aproveitou para observar melhor as companheiras de enfermaria. Elas sorriram, e uma delas até acenou. Duas eram tão jovens quanto ela, a outra um pouco mais velha.

Mas o que mais a interessava no momento era Michel. Lembrou-se de que ele marcara o encontro no barzinho após a aula, dizendo que "queria muito falar com ela". Será que, caso fosse verdade o que Rita deduzira, ele queria... se declarar?

Seu coração bateu acelerado a esse pensamento. Seria possível que Michel — justo o garoto mais paquerado do colégio, por quem suspiravam todas as colegas — estivesse na dela, querendo ficar, ou melhor ainda, namorá-la? Uma garota gorda, feia, disforme...

— Um tostão pelos seus pensamentos! — disse Rita de Cássia, retornando para perto dela.

— Eu estava pensando que é loucura essa sua ideia de que o Michel gosta de mim. Sou tão imensa, uma baleia... Quando me vejo no espelho, sinto até pavor.

Um soluço cortou-lhe as palavras, e as lágrimas começaram a escorrer pelo seu rosto. Todo o corpo tremia de agitação.

Sem fazer nenhum comentário, Rita de Cássia saiu da enfermaria. Logo mais, voltou com uma mulher desconhecida, que abordara no corredor. Num repelão, afastou as cobertas da cama de Anuska, enquanto pedia:

— Por favor, minha senhora, diga se esta garota é gorda. Quero que seja o mais sincera possível.

A outra arregalou os olhos, muda de espanto com o que via.

Rita, porém, insistia:

— É muito importante que a senhora fale francamente, não tenha receio de agredir, pois vai ajudar muito esta garota. Ela lhe parece gorda?

— Gorda? — A mulher recuperou a voz, ainda impressionada. Então, aturdida, desabafou: — Jesus, ela parece um... Nunca vi uma garota tão magra assim em toda a minha vida. Que doença é essa, hein? Coitadinha, tão nova... Isso tem cura?

Antes, quantas vezes já haviam dito isso para Anuska e ela jamais acreditara. Mas agora, ela não saberia dizer por quê — talvez pela situação em que se encontrava ou porque sentisse inesperada confiança —, as palavras soaram doces aos seus ouvidos. Tentando se levantar da cama, ela pediu:

— Repete, por favor, repete...

Sem entender nada, a mulher repetiu.

Dando um suspiro profundo, Anuska deixou-se cair sobre o leito, uma felicidade indescritível tomando conta do seu coração. A outra pronunciara a palavra mais gratificante possível, mais valiosa do que um diamante perfeito: magra!

6 MESES DEPOIS...

Anuska ficou internada mais de um mês naquele hospital, tal o seu estado de desnutrição, que a tornava presa fácil de várias doenças. Fora o tratamento de choque aplicado por Rita que detonara o seu processo de recuperação? Ou a dedicação da equipe — que cuidava daquele ambulatório—, especializada em anoréxicos e bulímicos, incluindo psiquiatra, psicólogo, nutricionista, além de um médico endocrinologista, no caso, o doutor Jean, pai de Michel?

No tempo em que passou internada, ela também foi testemunha de coisas incríveis, por parte das companheiras de enfermaria. Uma das garotas, tão jovem quanto ela, burlava constantemente a vigilância das enfermeiras, jogando a comida no vaso sanitário, ou escondendo-a sob o colchão, ou dentro da fronha. A outra tomava jarras de água, para encher o estômago e enganar os médicos na hora da pesagem. Uma coisa tão grotesca que a fez lembrar as aulas de História do Brasil, quando estudara a escravidão negra. Como os escravos eram vendidos "por peso", os donos costumavam fazê-los beber muita água antes de serem levados ao mercado. Eles ficavam mais "pesados" e, assim, "rendiam" mais... Era terrível constatar que alguém, por livre e espontânea vontade, se infligisse o mesmo tipo de crueldade.

A garota mais velha, ainda que fraca, fazia inúmeras flexões no leito, tentando perder mais peso. Essa, ela descobriu, era daquelas maníacas por malhação; antes de ser internada, passava o dia em academias de ginástica, até o limite de suas forças.

Observando tudo isso — como se as companheiras fossem o seu espelho —, Anuska desenvolveu sérias dúvidas quanto ao seu comportamento: não teria ultrapassado os limites do normal? Mas o que é ser normal? Era isso que ela precisava urgentemente descobrir.

Quando finalmente ficou mais forte, recebeu alta hospitalar e voltou para casa, onde permaneceu em repouso por mais um mês, com a obrigação de retornar ao ambulatório semanalmente, para controle. Isso significava a continuidade, por algum tempo, da terapia com psiquiatra e psicólogo, além da orientação de nutricionistas, para se alimentar adequadamente.

Aos poucos, foi se convencendo de que aquele pavor de se olhar no espelho — onde se via gorda e disforme — fazia parte do que os especialistas chamam de "síndrome da anorexia nervosa", ou seja, uma visão distorcida da própria aparência. O que acontece também com pacientes que sofrem de bulimia, na maioria mulheres, pois os homens eram minoria absoluta. Triste constatação. Embora as mulheres tivessem conseguido tantas vitórias, ainda eram escravas da aparência.

Essas deduções não aconteceram assim num "vapt-vupt", nem por mágica, como se de repente ela se convencesse de que devia voltar a comer. Ainda tinha profundos bloqueios: sua garganta travava na hora das refeições, e precisava também comer em pequenas porções, porque descobrira uma coisa terrível. O que supunha ser fruto da imaginação, era um fato real: com a privação constante de alimentos, seu estômago realmente encolhera, diminuíra de tamanho.

Era como se estivesse nascendo de novo, reaprendendo a se alimentar, nas horas e quantidades certas. Sobretudo tentando amar e respeitar esse corpo, tão maltratado por ela, até finalmente chegar a aceitá-lo, refletido no...

... Espelho! Será que havia nesse objeto algum demônio oculto que a espreitava, para gozar com a sua angústia interior? Que tipo de ser maligno vivia ali, onipresente, capaz de todas as iniquidades?

Segundos por vez, ela enfrentava a sua imagem refletida. De todos os espelhos da casa, seu predileto para esse exercício passou a ser o espelho da penteadeira da mãe, de cristal, que refletia sua imagem com total pureza.

Quando todos saíam — e Jozelsa estava distraída nos seus afazeres —, ela entrava quase sorrateira no quarto, onde o perfume materno tomava conta de tudo. Havia quase uma presença real da mãe na poltrona de veludo, no edredom cobrindo a cama, no travesseiro que guardava o cheiro dos seus cabelos, sempre bem tratados.

Era uma relação de amor e ódio, ao mesmo tempo. Entrava como uma fugitiva naquele quarto, ficava rodeando o espelho, tentando enxergar, um pouco de cada vez, esse corpo que parecia distante dela, o corpo de uma desconhecida, alienígena, ser fantástico — até ficar de frente ao espelho, abrindo totalmente os olhos, deixando que o susto tomasse conta dela. No início, era quase como se visualizasse um demônio que gargalhava, deixando à mostra os dentes pontiagudos, enquanto uma voz cavernosa, rosnava:

— Olhe, olhe, veja como você é horrenda! Tão horrenda que só eu mesmo posso querer você. Se vivesse no passado, seria queimada como uma bruxa asquerosa, nojenta...

— Desgraçado! Eu mato você!

Como se matasse mesmo algum ser abjeto, que ela não sabia bem quem era, atirava coisas contra o espelho, o que encontrasse sobre a penteadeira: escovas de cabelo, bijuterias, até pequenos frascos de perfume (a mãe adorava miniaturas)...

Mas como um animal possante, invencível, o espelho resistia a todas as suas investidas. Era forte, maciço, de um cristal tão puro que refletia perfeitamente até as lágrimas que escorriam pelo seu rosto, os vincos na sua testa, a pequena espinha que teimava em crescer no seu queixo...

Certo dia, aconteceu uma coisa incrível. De repente, não era mais a si própria que via refletida, mas a imagem cercada por anéis de fogo do deus indiano de quatro braços, Shiva Nataraja, o Senhor da dança, que simboliza a terrível dualidade do ser humano: morte e vida, destruição e renascimento...

Apavorada com a alucinação, Anuska gritou. Então, ouviu a voz inconfundível, amada e odiada ao mesmo tempo:

— Não tenha medo, minha filha, eu vou jogar fora todos os meus malditos remédios para emagrecer, a gente vai lutar pra você sair dessa, vamos voltar a ser uma família...

Perdida entre fantasia e realidade, Anuska percebeu que atrás dela estava Kátia, as lágrimas escorrendo-lhe pelo rosto, enquanto afagava-lhe os cabelos. E choraram juntas, tão unidas como não tinham sido por tantos anos — uma refletida na imagem da outra, iguais, terrivelmente iguais na angústia comum: fênix renascida das cinzas...

— Você não me odeia mais? — perguntou Anuska, sentindo-se criança carente de colo, uma sede infinita de carinho...

— Odiar, eu odiar você? Se é a pessoa a quem mais amo na minha vida! — disse Kátia.

— E eles, você sempre gostou mais deles — rebateu Anuska, e nem precisava dizer nome algum, a mãe sabia muito bem a quem ela se referia.

— Eu os amo também, mas amo ainda mais você, porque você precisa mais de mim. É sempre assim. O filho que mais precisa é aquele que é mais amado... sabia?

Foi essa última palavra que lhe trouxe a recordação de outra conversa, lá na enfermaria do hospital, onde estivera internada. Aquela mulher simples, com nome de santa, sorridente no seu uniforme branco, contando como descobrira a autoestima e, com ela, a felicidade:

— Uma pessoa não é apenas o exterior, ela é um ser completo, com inteligência, sensibilidade, humor...

Fora ela — até mais que os médicos, psicólogos e nutricionistas, quem detonara o processo de recuperação, ainda que lenta, a conta-gotas. Sua franqueza, completada pela terna história de amor... Porque só o amor por si próprio — atraindo, como um imã, mais amor — pode trazer esperança, redimir, curar!

— Eu também amo você, mãe! — Anuska escutou-se dizer. Jamais, num passado ainda recente, poderia sequer imaginar isso. Mas estava sendo sincera, por Deus que estava. Seu processo de cura passava — agora ela tinha certeza disso — pelo cadinho purificador do perdão.

7 RETORNO

Aos poucos, Anuska foi se sentindo mais forte. A família, Jozelsa, os amigos, todos procuravam ajudá-la a superar essa fase difícil de sua vida. Os avós vinham visitá-la, traziam presentes, geralmente frutas e doces, num incentivo subliminar. Alguns colegas também apareceram, menos os dois mais esperados: Francine e Michel. Ele telefonava de vez em quando para saber notícias dela; Francine, nem isso.

O pai, de taciturno, tornara-se participante, loquaz. De certa forma, também passava por uma transformação, ainda mais que Kátia parecia disposta a se preocupar menos com o peso, o grande vilão. Era como se o drama da filha tivesse reforçado os laços que os uniam.

Os irmãos, de início, ficaram assustados com tudo o que acontecera. Pararam de mexer com ela, talvez sentissem remorso. Um dia se achegaram, meio sem jeito, um deles perguntou:
— Você não vai morrer, vai?
— Por quê? — Ela fingiu que estava séria.
— A gente não quer que você morra — disse o outro.
— Tá legal — respondeu. — A pedidos, eu não morro.

Finalmente, num dia ensolarado, Anuska voltou a frequentar as aulas. As colegas rodearam-na, dando o maior apoio, querendo detalhes do tratamento, de como ela estava se sentindo, oferecendo ajuda nas matérias etc. Aliás, os professores e a diretora já tinham se posto à disposição, num esforço conjunto, para que ela não perdesse o ano escolar, todos comovidos com a sua odisseia.

De longe, Francine apenas observava, indecisa se devia aproximar-se ou não. Foi Anuska, com uma nova visão das coisas que a doença lhe proporcionara, quem acabou tomando a iniciativa.

Na hora do intervalo, aproximou-se da colega, que comprava um refrigerante na lanchonete da escola:
— Oi, tudo bem com você?

Francine voltou-se, não parecendo surpresa com a abordagem. Até parecia aliviada, como se estivesse esperando por isso. Ancorada no seu tolo orgulho, sentia-se melhor por Anuska ter tomado a iniciativa de quebrar o gelo entre as duas.
— Mais ou menos.
— A gente pode bater um papo, só nós duas?
— Tá legal — concordou Francine.

Dirigiram-se a um lugar sossegado do pátio, sob uma árvore centenária, que já existia por ali antes mesmo de o prédio do colégio ser construído. Sentaram-se num banco de pedra.
— E aí? — provocou Anuska, reparando como a outra

continuava com o mesmo aspecto doentio.
— Levando a vida — disse Francine.
— E a sua mãe? Voltou a trabalhar?
    Francine mexeu-se no banco, visivelmente incomodada com a pergunta:
— Que você queria? Aquela é viciada em trabalho e...
— E você, começou o tratamento?
    Francine virou uma fera:
— Vê se não enche, tá legal? Só porque foi internada e está fazendo esse tal tratamento, não vai querer me empurrar pra ele, né? Sabe o que você tá parecendo? Aqueles ex-fumantes chatos que ficam implicando com qualquer pessoa que acende um cigarro perto deles...
— Eu me preocupo com você, só isso... Estou fazendo o tratamento, sim, e só agora me dou conta do absurdo que eu fazia com o meu próprio corpo. Escapei por pouco, sabia? Eu sou você, amanhã... Por isso, quero te ajudar.
    Francine olhou para Anuska e, por um instante, uma névoa toldou os seus olhos. Mas, como se fosse uma nuvem passageira, logo um brilho tomou conta deles novamente.
— Saia do meu pé, não preciso de você. Sei cuidar muito bem da minha vida.
— Pois não parece.
— Eu finalmente consegui um papel de destaque no próximo espetáculo da escola... — declarou Francine, desafiadora.
— De balé?
— Claro que é a escola de balé. Que você queria que fosse? De culinária?
— Será que a sua professora imagina a que preço você conquistou esse papel? Não desconfia mesmo de nada?
— Eu disse que sei me cuidar...
— Até quando você vai conseguir disfarçar? Qualquer dia, alguém lá na escola flagra você vomitando no banheiro... Ouça o que eu digo, amiga, procure ajuda, como eu fiz, enquanto é tempo...

Francine caiu na risada. E explodiu, como uma granada a que se tirou o pino:

— Deixe de ser hipócrita, garota. Procurou ajuda coisa nenhuma; foi o Michel quem te encontrou desmaiada lá no quarto e te levou quase morta para o hospital. Agora quer posar de heroína justo pra mim? Fica na tua, tá legal?

— Quem contou isso, foi o Michel mesmo?

Francine desconversou:

— Pergunte a ele! Aliás, foi muita esperteza sua apelar pro emocional dele, usar de chantagem barata para tentar conquistar o garoto. Qualquer um adora posar de super-herói, não é?

Anuska ouvia e não queria acreditar. Essas palavras amargas, sombrias... As acusações partiam de alguém que ela supusera ser a sua melhor amiga, não de uma estranha ou mesmo inimiga. O que estava acontecendo com Francine? Por que estava assim tão revoltada? Que serpente desperta ocultava no seu coração?

— Você não era assim, estou te achando muito pessimista, amiga...

— E não me chame de amiga, você não é minha amiga, eu não sou sua amiga...

— Mas, você querendo ou não, continuo sendo sua amiga, e não vou desistir até você me deixar ajudar. Por mais que você adore a dança, Francine, esse é um preço muito alto para se pagar, mesmo por um sonho. Eu mesma estou reavaliando se vale a pena ser modelo, se isso significa pôr em risco a minha própria vida.

Francine olhou-a e não disse nada. Levantou-se e seguiu em frente, nem mesmo olhou para trás. Anuska acompanhou-a com os olhos, desolada. O que poderia dizer ou fazer para salvar a amiga daquele destino que se afigurava trágico?

Foi então que sentiu uma mão no seu ombro... Virou-se e deu com Michel, sorridente, que acabara de chegar:

— Puxa, garota, você anda popular nesta escola. Demorou até que eu pudesse ter você só para mim...

— Eu estava querendo mesmo falar com você, agradecer...
— Deixa pra lá, foi pura sorte eu chegar na hora certa.
— ... e agradecer também o resto... A Rita de Cássia me contou que você foi vários dias ao hospital levar flores, bombons...
— Ah, a Rita... Ela é ótima, não?
— Devo muito a ela, me abriu os olhos pra tantas coisas... Mas você não precisava ter tido todo esse trabalho.
— Ah, não foi trabalho, foi prazer. Pena que você estivesse sempre dormindo quando eu chegava... As visitas estavam proibidas, mas eu ia mais para ter certeza de que você estava sendo bem tratada. Também não quis incomodar na sua casa; é muito melhor encontrar você agora, mais forte — disse Michel.

Enquanto ele falava, Anuska não pode deixar de reparar, pela enésima vez, o quanto ele era lindo e simpático. O mesmo sorriso bondoso do pai, o doutor Jean.

— Aproveitando, agradeça a seu pai por mim, ele é um amor. Aliás, toda a equipe... Vou continuar indo ao ambulatório semanalmente. Eles fazem um trabalho superlegal com a gente...

— Fico muito feliz de ter colaborado pra tudo isso! — Michel tomou as mãos de Anuska nas suas, empolgado.

— Afinal, o que você tanto queria me dizer quando marcou aquele encontro no barzinho? — perguntou Anuska, não contendo mais a curiosidade.

— Pra falar a verdade, eu queria te alertar sobre o perigo que estava correndo, obcecada com esse regime maluco. Mas, agora, eu sei que não era apenas isso...

— Era o quê? — perguntou Anuska, segurando a respiração.

— Eu descobri... que amo você! — disse Michel, como se fosse a coisa mais simples do mundo.

Anuska sentiu o coração disparar, um calor subindo-lhe dos pés à cabeça. Pediu, como era do seu costume, quando uma coisa a agradava:

— Repete, por favor, repete.
— Eu amo você! — Michel falou novamente, o rosto bem junto ao de Anuska.
— Quando é que você descobriu isso? — murmurou ela, tentando manter o mais tempo possível o prazer indescritível de tal revelação.
— Quando te vi desmaiada, lá no chão do quarto, fiquei desesperado, achei que tinha perdido você. Só então me dei conta de quanto te amava.
— Mas eu pensei que você gostasse da Barbie... Você era sempre tão gentil com ela...
— Ora, eu sou gentil com todo o mundo — disse Michel. — Você é que não percebeu o meu interesse; pudera, só pensava nesse maldito regime e em ser a primeira da classe...
— Todo o tempo, então, puxa, que idiota eu fui...
— Não, você não é idiota, é apenas uma garota muito sensível que achou excitante ter todo esse poder na mão...
— Poder? De que poder você está falando?
— Ora, o poder sobre o seu corpo. Só que você se esqueceu de uma coisa muito importante: o corpo também tem seus direitos...

Para espanto do garoto, Anuska cortou-lhe a palavra, cravando os lábios nos seus, como quem morde uma fruta madura.

E ficaram ali, sob a árvore centenária, perdidos no tempo e no espaço, navegantes da paixão!

8 ADIVINHE QUEM VEM PARA O LANCHE

— Mãe, será que, hoje, dá pra deixar essa casa superarrumada? — pediu Zeílton.

Recolhendo os brinquedos da filha caçula, abandonados sobre o tapete da sala, a mãe não acreditou nos próprios ouvidos:

— Será que estou tendo alguma alucinação? Você, o rei da bagunça, pedindo ordem na casa?

— É que hoje eu vou ter uma visita muito especial, sabe como é...

— Não, não sei. É a diretora do colégio? O que foi que você aprontou dessa vez?

— Não encarna, mãe; que coisa, pô! Só porque eu vou receber uma visita, precisa ser da diretora?

— E quem é o ilustre visitante, posso saber, ou é segredo de Estado?

— É a Barbie — entregou o Zeílton, pondo tal doçura na voz, que a mãe caiu na risada:

— E quem é essa tal Barbie? Não me diga que é a famosa boneca que criou vida especialmente para...

Mas Zeílton não estava para gozações, principalmente porque se tratava de um fato muito importante. Aliás, mais do que importante, o acontecimento da sua vida: sua amada Barbie, sua musa Carolina, necessitando urgente de nota em matemática, na qual ele era realmente uma fera, concordara em vir à casa dele tomar uma aula de reforço.

Tudo isso ele explicou da melhor forma possível para a mãe. Não queria brinquedos da irmã espalhados pela casa; se possível, flores nos vasos e um lanche caprichado. Ao que a mãe replicou que sentia muito: ontem mesmo a empregada pedira demissão para voltar para o interior, e ela estava absolutamente perdida entre roupas pra lavar, comida por fazer e criança pra cuidar. Se quisesse todos esses requintes, que providenciasse ele mesmo.

Resmungando, Zeílton pôs as mãos à obra. Carolina combinara de vir às quatro horas. Agora eram duas da tarde. Ele precisava agir rápido, se quisesse a casa mais ou menos. Também, essa irmã temporona não deixava pedra sobre pedra...

Correu até a floricultura da esquina e comprou uma dúzia de rosas, apesar de achar caríssimo. Depois, deu um pulo na doçaria e comprou também um bolo para o lanche. Com a mesada desfalcada ao máximo, voltou rapidamente para a casa, onde colocou o bolo na geladeira, as flores no vaso de cristal, o melhor da casa. Passou até aspirador de pó na sala. A mãe só olhava, espantada. Até comentou:

— Se é pra você me ajudar assim, pode convidar suas amiguinhas todo dia, viu, Zeílton?

Ele fez que não ouviu. A mãe, quando queria ser engraçadinha, era uma coisa. Olhou em volta, a sala estava apresentável, apesar de o sofá ter algumas manchas feitas pela querida irmãzinha...

Tudo pronto, separou livros e cadernos de que necessitava: lápis, borracha, apontador. Quando se tratava de estudo, apesar de ser meio bagunceiro, ele caprichava. Como nos desenhos que mantinha no seu *bunker*, fechados a sete chaves, tal qual tesouros de um faraó.

Carolina chegou pontualmente às quatro horas. Cumprimentou a mãe de Zeílton, elogiou o jardim e a casa e agradou as bochechas da bebê.

Zeílton, não cabendo em si de contentamento, levou a garota para o canto da sala, onde ele já espalhara livros e cadernos sobre uma mesa.

Ali, ficaram por cerca de uma hora, tempo suficiente para esclarecer todas as dúvidas de Carolina sobre a matéria. A garota parecia empolgada:

— Nossa, Zeílton, como você explica bem... Muito melhor que o professor, aquele antipático. Você nem imagina o que ele me disse, quando eu fui pedir nota...

— O quê?

— Que se eu não perdesse tanto tempo com o meu *book*, sobraria para eu estudar matemática. Dá pra aguentar?

— Esquece, com essa explicação que eu te dei, você vai tirar dez...

— Ah, se vou. Isso pra mim já é ponto de honra.

— Que tal a gente fazer uma pausa para o lanche? Eu acho que você vai gostar.

Zeílton pediu licença e logo mais voltou com uma bandeja onde colocara o bolo, pratos, talheres, copos e refrigerantes.

Carolina abriu um sorriso:

— Nossa, Zeílton, como é que você adivinhou? É o meu bolo favorito...

— Eu ouvi você comentando outro dia na classe.

— Você pensa em tudo, né? — Carolina serviu-se do bolo, visivelmente encantada.

Após o lanche, num impulso, Zeílton pediu um tempo e deu um pulo no *bunker*. Voltou carregando vários portfólios. Carolina quis saber do que se tratava, e ele entregou:

— Você sabe o quanto eu gosto de desenhar...

— Claro que eu sei. Pois foi através do seu desenho que a polícia conseguiu desvendar todos aqueles estupros, que horror...

— Não pense mais nisso; acabou — devolveu o garoto, sorrindo, protetor. — Isso aqui é diferente, você sabe, um desenhista ou pintor precisa sempre ter um modelo, às vezes, até uma musa...

— Musa? — Carolina parecia interessada.

— Então... Você foi a minha musa inspiradora... — continuou Zeílton, enquanto passava, trêmulo, o primeiro portfólio para as mãos de Carolina.

A garota, curiosíssima, começou a folheá-lo. Um sorriso tomou todo o seu rosto, à medida que se via retratada em todas as cenas históricas possíveis, como se fizesse uma viagem através do tempo... Não se conteve:

— Mas é lindo, Zeílton, lindo!
— Veja os outros...

Carolina folheou, um a um, todos os portfólios. Ficou tão comovida com aquela homenagem que até seus olhos se marejaram de lágrimas.

— Por que, me diga, Zeílton, por que você me desenhou tanto assim? — disfarçou. Estava cansada de saber que o garoto era apaixonado por ela, mas queria ter o gostinho de ouvir a confirmação.

— Ora, eu já disse: todo artista precisa de uma musa.
— Só por isso? — insistiu ela, dengosa.

Zeílton sentiu o rosto ficar rubro e perdeu a voz, as palavras engasgadas na garganta.

Mas a garota não se deu por vencida.

— Eu quero saber tudo, Zeílton, há outras garotas tão bonitas quanto eu no colégio, você podia ter feito também o retrato delas. Por que só retratos meus?

Ele continuou em silêncio, incapaz de dizer àquela garota maravilhosa, ali ao lado, toda a imensidão do seu amor. Como declarar a uma deusa tudo o que se sente por ela?

Mas não foi preciso. Carolina ficou satisfeita com a perturbação dele. Aliás, ele já marcara muitos pontos positivos a seu favor. Olhando Zeílton bem nos olhos, ela sorriu e disse:

— Obrigada, eu nem mereço tanto. Você é superlegal! É como uma arca que a gente abre e vai descobrindo vários tesouros. Tem ainda alguma coisa que eu não saiba a seu respeito?

Ele sorriu também, viajante das estrelas. Se astrônomos americanos, através do telescópio espacial *Hubble*, acabaram de descobrir a estrela mais luminosa do universo — dez milhões de vezes mais potente do que o velho Sol —, tudo era possível!

9 O Espetáculo Não Pode Parar...

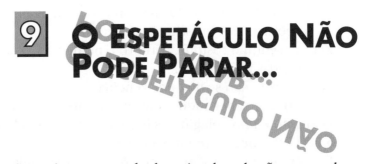

Aproxima-se a sonhada noite de gala, tão esperada por Francine. Dias antes, ela já não contém o nervosismo, transpira de ansiedade, mal presta atenção às aulas. Preocupada em estar o mais leve possível — não vá o *partner* escorregar devido ao seu excesso de peso —, ela vai e volta do banheiro repetidas vezes: além de incitar o vômito, usa e abusa também dos laxantes e diuréticos. Para que ninguém desconfie, pais ou colegas, ela disfarça, inventa mil desculpas: a ansiedade mexia com o seu estômago, com o intestino...

Quando chega o dia marcado, ela — que se sentia meio fraca, com frio e cãibras nas pernas — inesperadamente cria novas forças, é uma questão de vida ou morte. Lutara tanto para isso que agora não pode fraquejar. Sua boca anda amarga e as olheiras estão de tal forma acentuadas, que tem de disfarçá-las com maquiagem. Tudo bem, para isso é que servem os corretivos.

Os pais, emocionados, exultam, sabedores da devoção da filha pelo balé. Desde pequena, nem bem aprendera a andar, ela já vivia dançando pela casa. Uma genuína vocação. Finalmente, a professora, sempre tão irredutível, rendera-se ao talento da aluna. O espetáculo será a glorificação de todos os esforços e despesas nesses anos todos...

Francine convida até Anuska; faz questão de entregar-lhe pessoalmente o convite. Aliás, todos os colegas são convidados, os professores, a diretora. O teatro, grande, comporta várias centenas de espectadores. Quanto maior a plateia, maior o êxito, o sentimento de gratificação.

Anuska combinara de ir junto com Michel. Quando descem na porta do teatro, ficam surpresos com a agitação: carros estacionando, rua lotada, burburinho de pessoas subindo as escadarias... A noite promete ser inesquecível. A partir daí, quem sabe, alguns bailarinos decolariam definitivamente para uma carreira profissional. Provavelmente, haveria, na plateia, interessados em possíveis talentos. Aliás, o sonho confesso de Francine é ganhar uma bolsa de estudos para estagiar na Europa, numa grande companhia de balé.

Anuska e Michel, após pegarem o programa, sentam-se em suas poltronas, na plateia. Mesmo os balcões estão cheios. Apagam-se as luzes, começa o espetáculo. Logo, surge Francine, num dos papéis de destaque no balé. Olhando a amiga, Anuska surpreende-se com a sua leveza: ela não parece ter ossos e músculos. É apenas uma leve pluma que o bailarino levanta com uma única mão. Agora, no escuro da plateia, ela entende o que Francine quis dizer. A bailarina, no palco, é como um pássaro que voa, um vento que flui, água que desliza, suave, incorpórea.

Ela observa também o bailarino: ele é forte, robusto, puro músculo, trabalhado nas horas ingratas de ensaio nas barras. Quando salta, parece um animal selvagem, predador que corre na floresta, perseguindo a caça... Todo o seu corpo é harmonia.

Anuska sente os olhos marejarem de lágrimas à medida que o espetáculo se desenrola. Francine está soberba, ela jamais imaginara — nesses anos todos de convivência — que a amiga fosse uma bailarina de tal quilate. Há delicadeza nos seus gestos, mas eles não escondem a paixão. É impressionante como num corpo tão frágil essa paixão transpira, assim despudorada, como se só agora a verdadeira personalidade de Francine se revelasse, sempre oculta pelo rosto magro e desconfiado, pelas olheiras profundas que deixavam seus olhos maiores e escuros...

Acaba o primeiro ato. Anuska e Michel saem para a sala de espera. Michel compra refrigerantes. Há uma alegria festiva em torno deles, os pais, parentes, amigos, todos felizes de que o espetáculo decorra de tal forma perfeito. Ouvem-se referências elogiosas à escola de balé. Várias pessoas também falam de Francine: uma revelação, talento incrível! Predizem-lhe um futuro soberbo, ela poderá vir a ser uma verdadeira estrela... Seus pais, orgulhosos, são cumprimentados por amigos e conhecidos.

A campainha toca três vezes; retornam aos seus lugares. Começa o segundo ato.

Michel sorri para Anuska, entrelaçam-se as mãos. Estão felizes, tranquilos. Esta noite, de certa forma, é uma comemoração: pela lenta, mas progressiva, recuperação de Anuska, seu firme propósito de vencer a anorexia nervosa. Seu comparecimento regular ao ambulatório, o seguimento à risca da dieta dada pela nutricionista. Nesses poucos meses, ela já engordou alguns quilos, aos poucos volta a ser a garota bonita e saudável de antes, as cores retornam ao seu rosto, os cabelos e a pele recuperam o brilho anterior...

O oceano, outrora de águas revoltas, acalmou-se. Ela sente-se feliz, como nunca fora antes. O amor de Michel, a sua dedicação, o melhor antídoto, em caso de uma possível recaída. Ali está ele, ao seu lado, como um anjo protetor, do qual leva o nome, pronto para defendê-la de tudo. Como é bom estar viva, amar, planejar o futuro, os anos vindouros... Quem sabe, até mesmo ao lado desse garoto maravilhoso que o destino colocara em seu caminho.

Olha à sua direita, lá está o novo casal da escola — Barbie e Zeílton —, essa a maior surpresa de todas. A garota mais bonita do colégio conquistada pela inteligência e simpatia de um gordinho talentoso. Já faz tempo que ninguém chama Zeílton de Bolão; perdeu o sentido, o cara é um herói de verdade, quem se atreve? Ainda mais agora: ganhou o coração da Barbie, a desejada de todos!

Anuska suspira relaxada e feliz, que noite maravilhosa! Mesmo não conseguindo ser uma *top model*, há tantas outras profissões, tantos sonhos... Ela poderia, inclusive, estudar medicina junto com Michel, especializar-se em endocrinologia, para ajudar outras garotas como ela e Francine, esta, sim, realizando o seu sonho, soberba no palco, deslizando como uma flor ao vento, cujas pétalas vão caindo... caindo... caindo...

De repente, um "ah" da plateia; todos seguram a respiração. Ao descer depois de incrível pirueta — sustentada pelo bailarino que a retém só por uma das mãos —, Francine desequilibra-se, roda sobre si mesma e, como brinquedo, cuja corda explode, cai desmaiada no chão do palco, tão pálida e exangue que nem parece haver mais vida no corpo frágil.

Correria, para a música, para tudo. Antes de a cortina ser fechada, ouvem-se gritos:

— Alguém chame uma ambulância, tem algum médico na plateia?

Um homem de meia-idade levanta-se solícito:

— Eu sou médico! — Acessa o palco pelas escadas laterais, entra por baixo da cortina, afasta os bailarinos curiosos,

debruça-se sobre o corpo inerte.
 Tudo acontece num frenesi, como se fosse ensaiado, fizesse parte do espetáculo. As pessoas falam em voz alta em torno de Anuska e Michel... Tomando ciência da realidade... Deixam, aos poucos, o recinto... Os pais de Francine já estão no palco, onde o drama se desenrola...
 Logo mais, ouve-se uma sirene de ambulância... Michel e Anuska correm para fora do teatro, ficam esperando, trêmulos... Veem quando os paramédicos retiram Francine, colocam-na no veículo, que sai de sirene ligada, a toda velocidade. Atrás da ambulância, seguem os carros dos parentes desesperados.
 O médico que atendera Francine aparece; Anuska e Michel o reconhecem, precipitam-se:
 — Doutor, por favor, somos colegas de escola, é muito grave?
 O médico, sensibilizado, volta-se para eles, murmura:
 — Que pena, uma garota tão talentosa... Vai depender da resistência do organismo agora... Ainda é muito jovem, pode ser...
 Depois afasta-se, contrafeito.
 Anuska aperta a mão de Michel, caminham em silêncio à procura de um táxi.
 "Como alguém se permite chegar a esse ponto?" Na cabeça de cada um baila, como borboleta sôfrega de luz, a pergunta inevitável...

"Suponhamos, como nos contos de fadas em que as coisas mudam de forma, que o corpo é um Deus por si só, um mestre, um mentor, um guia autorizado. E daí? Seria prudente passar a vida inteira torturando esse mestre que tem tanto a dar e a ensinar? Desejamos passar a vida inteira permitindo que os outros depreciem nossos corpos, julguem-nos, considerem-nos defeituosos? Será que temos força suficiente para renegar o pensamento geral e prestar atenção, com profundidade e sinceridade, ao nosso corpo como um ente poderoso e sagrado?

Está errada a imagem vigente na nossa cultura do corpo exclusivamente como escultura. O corpo não é de mármore. Não é essa a sua finalidade. A sua finalidade é a de proteger, conter, apoiar e atiçar o espírito e alma em seu interior, a de ser um repositório para as recordações, a de nos encher de sensações — ou seja, o supremo alimento da psique. É a de nos elevar e de nos impulsionar, de nos impregnar de sensações para provar que existimos, que estamos aqui, para nos dar uma ligação com a terra, para nos dar volume, peso. É errado pensar no corpo como um lugar que abandonamos para alçar voo até o espírito. O corpo é o detonador dessas experiências. Sem o corpo não haveria a sensação de entrada em algo novo, de elevação, altura, leveza. Tudo isso provém do corpo. Ele é o lançador de foguetes. Na sua cápsula, a alma espia lá fora a misteriosa noite estrelada e se deslumbra."

(Clarissa Pinkola Estés, *Mulheres que correm com os lobos*, 2. ed., Editora Rocco, p. 259.)

Nelson Toledo

Quando o espelho pode ser bendito

Escrevi este livro por vários motivos. Um deles talvez a fartura de dietas para emagrecimento estampadas nas revistas, incluindo até — o que achei extraordinário — "palmilhas emagrecedoras"! Outro motivo é discutir a síndrome que "ataca" garotas adolescentes: a maioria quer ser modelo ou artista, ou ambos. Outras, mesmo sem essa pretensão, também correm atrás do mesmo objetivo: "precisam ser magras". Colocaram na cabeça que "ser magra" corresponde a ser bonita, ter sucesso, dinheiro, amor, felicidade. E "ser gorda" — ai, meu Deus! — exatamente o contrário: ser feia, desconhecida, humilhada, pobre, infeliz. Enfim, uma desgraça.

Motivadas por esse ideal de beleza que querem obter a qualquer custo, ainda que o biotipo de cada uma seja diferente — digo cada uma, porque a incidência entre mulheres é muito maior do que entre homens, apesar de existir também entre eles —, as garotas entram em regime cada vez mais cedo na vida, às vezes até com dez anos! Sem perceber, esse regime sai do controle e transforma-se em anorexia — quando a pessoa se recusa a comer — ou envereda pela bulimia — quando a pessoa come e depois vomita o que comeu —, ambas doenças graves, que podem levar inclusive à morte, por desnutrição, parada cardíaca etc.

Por coincidência, assim que terminei este livro, encontrei uma de minhas personagens — a Anuska — num colégio. Fizemos um trato: se procurasse ajuda, eu dedicaria o livro a ela.

Espero sinceramente que você, Juliana, e tantas outras criem coragem e sejam muito poderosas e felizes, assumindo o seu próprio corpo; ele é um aliado, não um inimigo. Cada pessoa é única e tem o direito de ser feliz, independentemente de peso, altura, tamanho do nariz, cor de pele, opção sexual, religião, etnia.

Um mundo onde todos fossem iguais seria um grande tédio, não é mesmo? *Benditas sejam as diferenças!*

COLEÇÃO JABUTI

Adeus, escola ▼◆🗐☒
Amazônia
Anjos do mar
Aprendendo a viver ◆⌘■
Aqui dentro há um longe imenso
Artista na ponte num dia de chuva e neblina, O ✱★⊞
Aventura na França
Awankana ✎☆⊞
Baleias não dizem adeus ✱🕮⊞○
Bilhetinhos ✪
Blog da Marina, O ⊞✎
Boa de garfo e outros contos ◆✎⌘⊞
Bonequeiro de sucata, O
Borboletas na chuva
Botão grená, O ▼✎
Braçoabraço ▼🏵
Caderno de segredos ❑◎✎🕮⊞○
Carrego no peito
Carta do pirata francês, A ✎
Casa de Hans Kunst, A
Cavaleiro das palavras, O ★
Cérbero, o navio do inferno 🕮☑⊞
Charadas para qualquer Sherlock
Chico, Edu e o nono ano
Clube dos Leitores de Histórias Tristes ✎
Com o coração do outro lado do mundo ■
Conquista da vida, A
Da matéria dos sonhos 🕮☑⊞
De Paris, com amor ❑◎★🕮⌘☒⊞
De sonhar também se vive...
Debaixo da ingazeira da praça
Desafio nas missões
Desafios do rebelde, Os
Desprezados F. C.
Deusa da minha rua, A 🕮⊞○
Devezenquandário de Leila Rosa Cançuçu ✈
Dúvidas, segredos e descobertas
É tudo mentira
Enigma dos chimpanzés, O
Enquanto meu amor não vem ●✎⊞
Escandaloso teatro das virtudes, O ✈☺

Espelho maldito ▼✎⌘
Estava nascendo o dia em que conheceriam o mar
Estranho doutor Pimenta, O
Face oculta, A
Fantasmas ⊞
Fantasmas da rua do Canto, Os ✎
Firme como boia ▼⊞○
Florestania ✎
Furo de reportagem ❑✪◎🕮🏵⊞
Futuro feito à mão
Goleiro Leleta, O ▲
Guerra das sabidas contra os atletas vagais, A ✎
Hipergame ᔕ🕮⊞
História de Lalo, A ⌘
Histórias do mundo que se foi ▲✎✪
Homem que não teimava, O ◎❑✪🏵
Ilhados
Ingênuo? Nem tanto...
Jeitão da turma, O ✎○
Lelé da Cuca, detetive especial ☑✪
Leo na corda bamba
Lia e o sétimo ano ✎■
Luana Carranca
Machado e Juca †▼●☞☑⊞
Mágica para cegos
Mariana e o lobo Mall 🕮⊞
Márika e o oitavo ano ■
Marília, mar e ilha 🗐ᔕ✎
Matéria de delicadeza ✎☞⊞
Melhores dias virão
Memórias mal-assombradas de um fantasma canhoto
Menino e o mar, O ✎
Miguel e o sexto ano ✎
Miopia e outros contos insólitos
Mistério mora ao lado, O ▼✪
Mochila, A
Motorista que contava assustadoras histórias de amor, O ▼●🗐⊞
Na mesma sintonia ⊞■
Na trilha do mamute ■✎☞⊞
Não se esqueçam da rosa ♠⊞
Nos passos da dança

Oh, Coração!
Passado nas mãos de Sandra, O ▼◎⊞○
Perseguição
Porta a porta ■🗐❑◎✎⌘⊞
Porta do meu coração, A ◆🏵
Primeiro amor
Quero ser belo ☑
Redes solidárias ◎▲❑✎🏵⊞
Reportagem mortal
romeu@julieta.com.br ❑🗐⌘⊞
Rua 46 †❑◎⌘⊞
Sabor de vitória 🗐⊞○
Sambas dos corações partidos, Os
Savanas
Segredo de Estado ■☞
Sete casos do detetive Xulé ■
Só entre nós – Abelardo e Heloísa 🗐■
Só não venha de calça branca
Sofia e outros contos ☺
Sol é testemunha, O
Sorveteria, A
Surpresas da vida
Táli ☺
Tanto faz
Tenemit, a flor de lótus
Tigre na caverna, O
Triângulo de fogo
Última flor de abril, A
Um anarquista no sótão
Um dia de matar! ●
Um e-mail em vermelho
Um sopro de esperança
Um trem para outro (?) mundo ✖
Uma trama perfeita
U'Yara, rainha amazona
Vampíria
Vida no escuro, A
Viva a poesia viva ●❑◎✎🕮⊞○
Viver melhor ❑◎⊞
Vô, cadê você?
Zero a zero

★ Prêmio Altamente Recomendável da FNLIJ
☆ Prêmio Jabuti
✱ Prêmio "João-de-Barro" (MG)
▲ Prêmio Adolfo Aizen - UBE
ᔕ Premiado na Bienal Nestlé de Literatura Brasileira
☞ Premiado na França e na Espanha
☺ Finalista do Prêmio Jabuti
🖐 Recomendado pela FNLIJ
✖ Fundo Municipal de Educação - Petrópolis/RJ
✪ Fundação Luís Eduardo Magalhães

● CONAE-SP
⊞ Salão Capixaba-ES
▼ Secretaria Municipal de Educação (RJ)
■ Departamento de Bibliotecas Infantojuvenis da Secretaria Municipal da Cultura/SP
◆ Programa Uma Biblioteca em cada Município
❑ Programa Cantinho de Leitura (GO)
♠ Secretaria de Educação de MG/EJA - Ensino Fundamental
☞ Acervo Básico da FNLIJ
✈ Selecionado pela FNLIJ para a Feira de Bolonha

✎ Programa Nacional do Livro Didático
🕮 Programa Bibliotecas Escolares (MG
ᔕ Programa Nacional de Salas de Leitu
🗐 Programa Cantinho de Leitura (MG)
◎ Programa de Bibliotecas das Escolas Estaduais (GO)
† Programa Biblioteca do Ensino Médio (
⌘ Secretaria Municipal de Educação/SP
☒ Programa "Fome de Saber", da Faap (
🏵 Secretaria de Educação e Cultura da Bah
○ Secretaria de Educação e Cultura de Vit